N&K

Castle Freeman

DER KLÜGERE LÄDT NACH

Roman

Aus dem Englischen von
Dirk van Gunsteren

Nagel & Kimche

Titel der Originalausgabe: *Old Number Five*
© 2017 by Castle Freeman jr.

1. Auflage

© 2018 Nagel & Kimche
im Carl Hanser Verlag München
Satz: Eva Kaltenbrunner-Dorfinger, Wien
Autorenfoto: © Jane Lindholm
Umschlag: Hauptmann & Kompanie Werbeagentur, Zürich
Motiv: © everst/Shutterstock.com
Druck und Bindung: CPI books GmbH, Leck
ISBN 978-3-312-01058-5
Printed in Germany

MIX
Papier aus verantwortungs-
vollen Quellen
FSC® C083411
FSC
www.fsc.org

Das vierte Gebot: Du sollst deinen Vater und deine Mutter ehren, wie dir der HERR, dein Gott, geboten hat, auf dass du lange lebest und dass dir's wohl gehe in dem Lande, das dir der HERR, dein Gott, geben wird.

5. Mose, 5:16

DAS NEUE ARRANGEMENT

Einmal sagte unsere Mutter: «Alle denken, dein Bruder ist der Schlaukopf in dieser Familie. Aber das stimmt nicht. Der Schlaukopf bist du. Du bist viel intelligenter als Paul. Doch, doch. Die Sache ist nur: Du bist stinkfaul. Paul nicht.»

Hätte sie das nicht zu mir, sondern zu Paul gesagt, dann hätte sie *stink* weggelassen. Wenn Sie den Unterschied verstehen, würdigen, sich auf der Zunge zergehen lassen können, wird Ihnen diese Geschichte vielleicht gefallen. Wenn nicht, tja, dann sollten Sie sich vielleicht lieber nach was anderem umsehen.

Das hatte Clemmie offenbar getan: Sie hatte sich nach was anderem umgesehen. Oder was anderes hatte sich nach ihr umgesehen. Ich wusste nicht, wie es gelaufen war. Ich wusste nur, dass Clemmie und ihr neuer alter Freund Jake viel Zeit miteinander verbrachten, und das seit mittlerweile sechs oder acht Wochen. Ich wusste, dass Jake in unserem neuen Haus am Diamond Mountain ein und aus ging. Wesentlich öfter als ich. War er bei Clemmie eingezogen? War mein Haus jetzt sein Haus? Das wusste ich ebenfalls nicht, aber ich würde es rausfinden. Ich würde es rausfinden.

Jedenfalls: Jemand leistete ihr Gesellschaft, und dieser Jemand war nicht ich. Während Clemmie und Jake sich in unserem Haus vergnügten, dem Haus, das wir gemeinsam gebaut hatten, kampierte ich im Büro auf dem durchgesessenen Sofa von Sheriff Ripley Wingate, meinem ehemaligen Boss. Bei feuchtem Wetter roch das Ding noch immer nach Wingates billigen Zigarren. Ich hatte dort eine Kaffeemaschine, eine Kochplatte und einen Topf. Ich hatte das Sofa und einen Schlafsack. Ich hörte Radio, und wenn ich nicht schlafen konnte, ging ich nach vorn und spielte Dame mit dem Fürsten der Finsternis – so nannten wir Walt, den Nachtfunker. Um fünf Cent pro Spiel.

Ja, zu der Zeit, als das alles passiert ist, hatten wir ein ganz neues Arrangement: Clemmie und Jake sägten mein Holz in dem, was mal mein Haus gewesen war, und ich kampierte in meinem Büro in Fayetteville und machte meinen Job.

Ein paar Worte dazu: Es ist kein Job wie jeder andere. Es ist kein normaler Job. Ich bin der County Sheriff in unserem Tal. Ich mag meine Arbeit. Unser Tal ist ein schönes Tal. Es ist ein gutes Tal. Und es ist ruhig, meistens. Die Leute denken, ich tue nichts. Aber es gibt Menschen, die nichts tun, und andere, die auch nichts tun, das aber richtig. Und die Letzteren braucht man überall, und sei es nur, damit sie dem einen oder anderen ab und zu einen kleinen Stubs geben oder die richtige Stelle zur rechten Zeit mit einem Tropfen Öl versehen. Der Sheriff kann stubsen. Der Sheriff hat ein Ölkännchen.

Noch etwas über unser Tal. Es ist ein schönes Tal, ein gutes Tal und so weiter. Aber es ist nicht groß. Das heißt, der Sheriff und alle anderen schwimmen im selben Teich, wie die Frösche im Frühling. Je mehr man herumläuft, desto mehr läuft man sich über den Weg. Darum können Arrangements wie das, das Clemmie und ich anscheinend getroffen hatten, manchmal ein bisschen misslich sein. Manchmal ist es, als würde man versuchen, in einer Telefonzelle Fußball zu spielen. Dann braucht man neue Regeln. Aber wie lauten die?

«Lucian? Hallo, Lucian», sagte Jake. «Wir sind doch immer gut miteinander ausgekommen. Ich will keinen Ärger mit dir. Aber du weißt ja, wie die Dinge sich manchmal entwickeln.»

Jake kam mit einem Sixpack und einer Packung Tiefkühl-krabben aus dem Laden.

«Die Dinge?», fragte ich.

«Äh, ja, die Dinge. Du weißt schon.»

«Clemmie isst so was nicht», sagte ich. «Sie mag keine Krabben.»

«Die sind für die Katze», sagte er.

«Das Bier auch?»

«Hm?»

«Das Bier. Ist das auch für die Katze?»

«Äh, nein», sagte Jake. «Das Bier ist für mich.»

«Und nichts für die kleine Frau?»

«Hm?»

«Nichts für Clemmie? Für Misses Wing? Für meine Frau? Was soll sie essen?»

«Äh, ich weiß nicht», sagte Jake. «Irgendwas, würde ich sagen.»

«Würde ich auch sagen. Tolle Köchin, oder?»

«Hm?»

«Okay, Jake», sagte ich. «Wir sehen uns.»

«Freut mich, dass du mir das nicht übelnimmst.»

«Natürlich nicht», sagte ich.

«Soll ich dir mal was sagen? Ich hasse diese Scheißkatze.»

Das war Jake. Clemmies Neuer. «Die kommt schon zurück», sagte Mom. «Clemmie Jessup hatte noch nie was im Kopf. Und jetzt hat sie sich mit Jake Stout eingelassen? Ich weiß nicht, ob ich lachen oder weinen soll. Er ist noch dümmer als sie. Wenn man ihre beiden Köpfe verbindet und auf den Schalter drückt, bringen sie nicht mal eine Taschenlampe zum Leuchten. Sobald Clemmie das merkt, ist sie wieder da. Glaub mir, sie hat nichts im Kopf.»

Unsere Mutter hält viel auf Köpfe und das, was darin ist.

«Was willst du damit eigentlich sagen?», fragte ich sie. «Wenn Clemmie so dumm ist, was bin dann ich?»

«Intelligenter als Paul», sagte Mom.

Ich war in West Galilee und half meinem alten Freund Gus Cooper, einen Kamin zu mauern. Solche Gelegenheitsarbeiten mache ich ziemlich oft, öfter, als man meinen sollte. Ich mache sie, weil ich muss. In früheren Zeiten (und damit meine ich das gute alte England) war der Sheriff eines Countys ein reicher und mächtiger Mann. Er fuhr in einer schicken Kutsche zur Arbeit, und Diener und Vorreiter räumten ihm den Weg frei. Das war einmal. Heutzutage wird der Sheriff dafür bezahlt, die Polizeiarbeit in ländlichen Gemeinden zu übernehmen, die zu klein oder (wie sie behaupten) zu arm sind, um sich eine eigene Polizei leisten zu können. Die Gemeinderäte dieser Orte geben nicht gern Geld aus. Sie schneiden den Speck sehr dünn. Sie wollen Sicherheit, sehen aber nicht ein, warum der Sheriff und seine Deputys öfter als einmal täglich essen oder Holz für den Winter haben sollen. Diese Gemeinden müssen sparen, sagen sie einem, und damit meinen sie, dass man selbst ebenfalls sparen soll. Also keine Kutsche, keine Diener. Nein, der Sheriff von Nottingham bin ich nicht. Und darum verdiene ich mir etwas Geld nebenher, indem ich Gelegenheitsarbeiten für irgendwelche örtlichen Baufirmen erledige: Maurer-, Maler-, Zimmerer-, Dachdeckerarbeiten, was eben gerade anfällt. Ich schlage Nägel ein und trage Sachen von hier nach da. Nichts allzu Anspruchsvolles. Keine Rohre. Keine elektrischen Leitungen.

«Dein Boss ist gerade gekommen», sagte Gus. Er war auf dem Dachfirst, beim Kamin. Ich stand am Fuß der Leiter im

Hof, mischte den Mörtel und wartete darauf, dass Gus neuen brauchte. Ich konnte die Zufahrt nicht sehen, Gus aber schon.

«Wer?», fragte ich.

«Du weißt schon. Der große Vorsitzende.»

«Das ist nicht mein Boss», sagte ich.

«Ich dachte, er ist der Boss von allen.»

«Sag ihm, ich bin nicht da.»

«Aber da steht dein Wagen», sagte Gus. Er winkte jemandem.

«Na gut», sagte ich. «Kommst du runter?»

«Bestimmt nicht», sagte Gus. «Mir geht's hier oben ganz gut. Du hast ihn ganz für dich allein.»

«Herzlichen Dank», sagte ich.

«Aber quatsch nicht zu lange», sagte Gus. «Du weißt ja, du wirst nach Zeit bezahlt.»

Ich ging um das Haus herum. Stephen Roark stand wartend neben seinem Wagen. Er sah missmutig aus.

«Gar nicht so leicht, Sie zu erwischen, Sheriff», sagte Roark.

Stephen Roark war Vorsitzender des Gemeinderats von Cardiff, der drittgrößten Ortschaft des Countys, wo ich selbst ebenfalls wohnte. Wir konnten uns glücklich schätzen, Stephen auf diesem Posten zu haben. Man brauchte ihn nur zu fragen, dann sagte er einem dasselbe. Er hatte uns vor ein paar Jahren den Gefallen getan, sich nach seiner Pensionierung von der Air Force hier niederzulassen. Eigentlich war er *Colonel Roark* und hatte die mit diesem Rang verbundenen Gewohnheiten einfach beibehalten: das Kommandieren und Einschüchtern, das arrogante Auftreten – und dabei hatte Roark seine gesamte Laufbahn im Pentagon verbracht und nie einen feindlichen Schuss gehört. Wingate war im Zweiten Weltkrieg gewesen und hatte über Roark mal gesagt, es gebe keinen härteren, entschlos-

seneren, abgebrühteren Soldaten als einen Colonel in Friedens-
zeiten.

«Sie sind ziemlich schwer zu erreichen, Sheriff», sagte Roark.
«Haben Sie kein Handy?»

«Guten Morgen, Mister Roark», sagte ich.

Ich nannte ihn «Mister Roark». Ich nannte ihn nicht «Vorsitzender» wie die meisten anderen. Das war weniger eine Anrede als vielmehr eine Stichelei. Im Gemeinderat legte Roark
großen Wert darauf, Vorsitzender (Maskulinum) eines Gre-
miums zu sein, dessen Mitglieder er Gemeinderäte (ebenfalls
Maskulinum) nannte – wo er war, gab es keine Schrägstriche
oder geschlechtsneutralen Bezeichnungen. Sein Pech, dass er
damit bei Sally Anthony aneckte, der dienstältesten Gemeinderätin, einer Frau, die mindestens ebenso grob und selbst-
gerecht und beinahe so unerträglich war wie Roark. Sally ließ
keine Gelegenheit aus, Roark als «der Vorsitzende» zu titulieren.
«Was sagt der Vorsitzende dazu?», «Sollen wir den Vorsitzenden
fragen?», «Zu welchem Tagesordnungspunkt äußert sich der
Vorsitzende gerade?» Viele andere, darunter auch Gus Cooper,
taten es Sally nach und nannten Roark gern «der Vorsitzende»
oder «Vorsitzender Steve». Ich allerdings nicht. Als Sheriff weiß
man, dass sich früher oder später jeder im Distrikt über einen
ärgert und es ganz unnötig ist, Extraärger zu provozieren.

«Haben Sie kein Handy?», fragte Roark.

«Natürlich hab ich eins», sagte ich.

«Und? Ist es kaputt? Ich hab den ganzen Morgen versucht,
Sie zu erreichen. Wenn Sie ein Handy haben, wo ist es dann?»

«In meinem Wagen.»

«Was soll ein Handy im Wagen, wenn Sie nicht drinsitzen?
Wenn Sie auf dem Dach oder sonst wo sind? Wenn das Handy
im Wagen ist, können Sie's ja nicht hören.»

«Darum ist es ja im Wagen.»

Roark sah mich an, als verströmte ich plötzlich einen strengen Geruch. Er holte Luft. Er schüttelte den Kopf. «Wissen Sie, was gestern Nacht im Krankenhaus los war?»

«Ich hab was von einem Jungen gehört.»

«Terry St. Clair», sagte Roark. «Er ist nicht selbst hingegangen, ich hab ihn gebracht. Hab ihn auf der Straße gefunden. Er war kaum noch bei Bewusstsein und wäre vielleicht verblutet. Seine Hand war weg.»

«Weg?»

«Abgetrennt», sagte Roark. «Er hatte viel Blut verloren und wäre fast gestorben. Reiner Zufall, dass ich gerade auf dem Heimweg war. Ich kenne ihn. Er hat mal für mich gearbeitet.»

«Ich kenne ihn auch», sagte ich. «Nur zu gut. Terry baut Mist wie andere Leute Monopolyhäuser. Was hat er gesagt, wie es passiert ist?»

«Er hat gar nichts gesagt. Er war bewusstlos. Im Krankenhaus hatten sie alle Hände voll zu tun, um ihn am Leben zu halten. Ich bin dann gegangen. Heute Morgen habe ich dort angerufen. Er wird's schaffen. Er kommt wieder auf die Beine. Aber die Hand ist weg.»

«Dann werde ich ihn mal besuchen», sagte ich.

«Ich komme mit», sagte Roark.

«Nicht nötig.»

«Ich werde Sie begleiten, Sheriff», sagte Roark. «Ich bin Amtsträger. Ich kenne das Opfer persönlich. Ich bin besorgt. Ich bin sehr besorgt. Haben Sie das verstanden? Ich werde Sie begleiten.»

«Meinetwegen», sagte ich.

Also sagte ich Gus Bescheid, der nicht glücklich war, sich aber mit meiner Unzuverlässigkeit abgefunden hatte, und fuhr zum Krankenhaus, gefolgt von Roark. Dem Vorsitzenden. Ich war bereit, ihn mit «Vorsitzender» anzureden. Ja, war ich. Ich war bereit, jede Anrede zu gebrauchen, die er hören wollte. Ich hätte ihn mit «Allmächtiger Gott» angeredet, wenn es ihn froh gemacht hätte. Er war nicht froh. Er war besorgt, sehr besorgt. Und wenn Stephen Roark, der Vorsitzende oder wie auch immer er genannt werden wollte, besorgt, sehr besorgt war, bedeutete das für mich nichts Gutes.

Im Krankenhaus lag Terry St. Clair flach auf dem Rücken und hing an zwei Infusionen. In der einen war Blut, in der anderen hätte eine ordentliche Dosis Hirn sein sollen, aber wahrscheinlich enthielt sie bloß hauptsächlich Wasser. Terry sah wie ausgekotzt aus. Sein Gesicht war gräulich-bläulich-bleich, und der verbundene Stumpf des linken Arms, der etwa zehn Zentimeter über dem Handgelenk endete, war an einer Kette über seiner Brust aufgehängt. Er war wach, sagte aber nichts. Für mich und andere in meiner Branche war das nichts Neues – so verhielt Terry sich immer, selbst in Bestform. Terry war das, was man einen Amateur nennt: ein Teilzeitkleinkrimineller. In der Stadt hätte er schnell seinen Weg gefunden, aber hier draußen musste er sich anstrengen und hin und wieder ehrliche Arbeit verrichten – zum Beispiel Aushilfsarbeiten auf dem großen Anwesen des Vorsitzenden Roark in North Cardiff. Aber obwohl Terry den höchsten Standards der Kriminalität nicht ganz gerecht wurde, kannte er doch die Regeln. Er redete nicht mit Bullen.

«Kümmert man sich gut um dich?», fragte ich ihn.

«Glaub schon», sagte er.

«Hast du Schmerzen?»

«Glaub schon.»

«Haben sie dir irgendwas dagegen gegeben?»

«Glaub schon.»

Roark übernahm. Er schob mich nicht direkt zur Seite, aber es war, als täte er's. «Was ist mit deiner Hand passiert, Junge?», fragte er Terry.

Terry starrte mich an. Bei meinen Fragen hatte er Roark angesehen, doch jetzt wandte er den Kopf und starrte mich an. Er sagte nichts.

«Junge?»

«Ich hab Heu gemacht», sagte Terry. «Bin mit der Hand in die Presse gekommen.»

«Du hast Heu gemacht?», fragte Roark ihn.

Terry nickte.

«Mitten in der Nacht?»

Wieder sah Terry mich an. Es war ein langer Blick. «Genau», sagt er.

«Und das sollen wir glauben?», sagte Roark.

«Scheiß drauf», sagte Terry. «Mehr sag ich dazu nicht.»

Die Tür ging auf, und der Stationsarzt oder wie immer man den nennt, der im Krankenhaus das Sagen hat, kam herein.

«Tut mir leid, Sheriff», sagte er, «aber Sie müssen jetzt gehen. Er ist nicht in der Verfassung. Wie Sie sehen.»

Der Arzt, Roark und ich ließen Terry allein und gingen hinaus auf den Korridor.

«Es war knapp», sagte der Arzt. «Er hatte einen Schock. Ein paar Minuten später, und er wäre gestorben. Sehr wenige Minuten. Haben Sie ihn gebracht?», fragte er mich.

«Nein, ich», sagte Roark.

«Dann haben Sie ihm das Leben gerettet», sagte der Arzt. «Schlicht und ergreifend.»

«Wie ist das mit seinem Arm passiert?», fragte Roark ihn. Wer leitete eigentlich diese Untersuchung? Wie es aussah, der Vorsitzende. Dann sollte ich ihn auch weitermachen lassen, oder? «Er sagt, er ist mit der Hand in eine Ballenpresse gekommen», fuhr Roark fort. «Kann so ein Ding einem die Hand abtrennen?»

«Was weiß ich?», sagte der Arzt. «Warum fragen Sie mich das? Ich bin Mechaniker, ich flicke Menschen zusammen. Ich bin kein Farmer. Ich habe keine Ahnung von Ballenpressen. Ich würde es allerdings sehr bezweifeln.»

«Aber was dann?»

«Tja», sagte der Arzt, «es war ein einziger Schlag. Ein sauberer Schnitt. Also etwas Schweres. Etwas Scharfes.» Er zuckte die Schultern.

«So was wie eine Axt?», fragte Roark.

«Könnte sein», sagte der Arzt. «Aber eher ein großes Messer oder ein Hackbeil, wie Metzger es haben.»

«Kann ich später mit ihm sprechen?», fragte ich.

«Das muss er selbst entscheiden», sagte der Arzt und ließ uns stehen. Auch Roark machte sich auf den Weg, und ich kehrte zu Gus zurück. Ich überlegte, ob ich noch einmal allein zum Krankenhaus fahren und mit Terry sprechen sollte, vielleicht am nächsten Tag. Obwohl – warum eigentlich? Ich würde nicht mehr aus ihm herausholen. Dass er jetzt eine Hand weniger hatte, war Terrys Problem, ein großer Teil seines Problems, aber eben nur ein Teil. Vor allem hatte er Angst. Er hatte große Angst vor etwas, und zwar nicht vor dem Vorsitzenden Roark. Und auch nicht vor mir.

Ich machte ihm keinen Vorwurf. Wenn ich Terry gewesen wäre, hätte ich auch Angst gehabt.

SPRINTER

Am nächsten oder vielleicht übernächsten Nachmittag rief Addison Jessup, Clemmies Vater, mein Schwiegervater, mich im Sheriffbüro an. «Komm später mal vorbei», sagte er.

«Ich kann auch jetzt kommen», sagte ich. «Was ist denn?»

«Nein, komm später, wenn du Feierabend gemacht hast», sagte Addison. «Wir werden was trinken. Irgendwann nach fünf.»

Irgendwann nach neun Uhr morgens, meinst du wohl – aber das sagte ich nicht. Ich dachte es nur. Er wusste einen guten Tropfen zu schätzen.

Addison gehörte zu den Schwergewichten in unserem Tal. Er lebte in dem großen alten Haus in South Devon, in dem Clemmie aufgewachsen war. Addison und Monica, Clemmies Mutter, hatten sich getrennt, als Clemmie noch klein gewesen war. Ihre Mutter stammte aus New York. Sie zog wieder dorthin, heiratete ein zweites Mal und verschwand mehr oder weniger von Clemmies Bildschirm: teure Geburtstags- und Weihnachtsgeschenke; teure Urlaube; jüngere Stiefgeschwister. Das war's. Clemmie großzuziehen blieb weitgehend Addison überlassen.

Addison war geblieben. Er war Anwalt, schien aber nie allzu hart zu arbeiten. Er gab sich nicht mit Immobilienversteigerungen, Testamenten und mickrig ausgestatteten Stiftungen ab. Nein, das war nichts für Addison. Er verbrachte auch nicht viel Zeit bei Gericht. Er war nicht an der juristischen Front, sondern mehr im Beratungsgeschäft, wie er es ausdrückte, und die meisten Leute, die er beriet, waren nicht von hier. Man könnte sagen, Addison war ein Konzernanwalt – oder vielmehr: Das wäre er gewesen, wenn es in unserem Tal irgendwelche Konzerne gegeben hätte. Jetzt ließ er es ruhig angehen, lebte in einem permanenten Halbruhestand und genoss die goldenen Jahre, umgeben von Büchern und Leergut.

Ich fand ihn auf der mit Fliegengitter geschützten hinteren Veranda. Auf dem Tischchen neben ihm standen ein Eiskübel und eine Familienflasche Johnnie Walker. Ich war schon immer der Meinung, Addison sollte nach Schottland ziehen. Ein Mann sollte dem, was er liebt, möglichst nahe sein.

«Lucian», sagte Addison. «Du siehst gut aus. Setz dich. Warte, ich schenke dir einen ein.»

«Vielleicht später», sagte ich.

«Ach, komm schon», sagte er. «Trink einen mit mir. Es ist halb sechs. Du bist doch nicht mehr im Dienst, oder?»

«Sag mir, was du willst, und ich sage dir, ob ich noch im Dienst bin.»

«Clemmie hat mich angerufen.»

«Das dachte ich mir», sagte ich. «Behalt deinen Whisky.»

Addison und ich kamen immer prima miteinander aus. Warum auch nicht? Ich war ja derjenige, der ihm seine Tochter schließlich abgenommen hatte – und Clemmie war, als Tochter wie als Ehefrau, auf jeweils ganz eigene Art nicht ohne. Jetzt benutzte sie, wenn sie nicht persönlich mit mir sprechen wollte, ihren Vater als eine Art Botschafter. Das war der Grund für diese Einladung, dachte ich: Clemmie wollte etwas von mir. Also sagte ich Addison, er solle sich seinen Whisky sparen.

«Ganz ruhig, Lucian», sagte er. «Tief durchatmen. Zähl bis fünfzig. Du kennst doch unser Mädchen. Du musst ihr Zeit geben. Sie wird sich schon wieder fangen.»

«Sie wird sich fangen?», sagte ich. «Sie ist schon dabei, würde ich sagen. Frag den jungen Jake Stout, wie gut sie sich fängt. Ich kann nachts mein eigenes Haus nicht betreten, aus Angst, ich stolpere vielleicht über die beiden.»

«Ich will sie ja gar nicht verteidigen», sagte Addison. «Und ich streite nicht ab, dass Jake eine etwas sonderbare Wahl ist.»

«Sie und Jake sind mir egal. Von mir aus können sie tun, was sie wollen und wo sie wollen. Mir hängt's bloß zum Hals raus, auf dem Sofa zu schlafen.»

«Du kannst jederzeit hier wohnen. Jede Menge Platz.»

«Ha», sagte ich. «Sieh dich vor – ich könnte dich beim Wort nehmen.»

«Jederzeit», sagte Addison.

«Sie hat also angerufen. Was will sie?», fragte ich ihn.

Addison zog einen Zettel aus der Tasche, außerdem seine Lesebrille, die er auf die Nasenspitze schob. «Wollen mal sehen», sagte er. «Im Küchenfenster ist eine Scheibe zerbrochen und muss ersetzt werden. Der Warmwasserhahn in der Küche tropft. Die Glühbirne über der Hintertür ist durchgebrannt.» Er reichte mir den Zettel und nahm die Brille ab. «Verdammt», sagte er, «ich weiß nicht, wieso ihr Freund Jake nicht imstande ist, eine Glühbirne zu wechseln. Und bei Gott, das werde ich ihr auch sagen.»

«Tu das nicht», sagte ich. «Ich will gar nicht, dass Jake das macht. Ich hab das Haus mit meinen eigenen Händen gebaut, ich hab jeden Balken zugesägt und jeden Nagel eingeschlagen, und auf keinen Fall lasse ich einen Idioten wie Jake irgendwas an meinem Haus machen.»

«Du meinst: Du und Clemmie habt es gebaut», sagte Addison.

«Du hast recht», sagte ich. «Sie hat geholfen. Wir haben es

zusammen gebaut. Wenn sie irgendwas reparieren will – prima. Wird sie aber nicht. Sie rührt keinen Finger. Sie ruft dich an, damit du mich anrufst.»

«Mein kleines Mädchen», sagte Addison. «Du weißt, was der Grund ist, oder?»

«Ich weiß, was deiner Meinung nach der Grund ist.»

«Klar», sagte Addison. «Sie tut das, um dich im Spiel zu halten. Clemmie ist eine sehr vorsichtige Investorin, wie du weißt. Ja, das ist sie. Sie hat's gern, wenn ihre Aktiva da draußen auf den Märkten sind und für sie arbeiten, aber einen Teil davon will sie auf der Bank haben, in Sicherheit.»

«Ihre Aktiva?»

Addison lachte leise. «Hab Geduld», sagte er. «Sie kommt zurück.»

«Und was ist bis dahin mit mir? Ich darf Ausbesserungsarbeiten in meinem eigenen Haus erledigen und werde nicht mal dafür bezahlt. Ich darf nicht mal mit ihr ins Bett.»

«Geduld. Es ist ja nicht für immer. Sie kommt wieder zurück.»

«Das hat meine Mom auch gesagt.»

«Deine Mutter ist eine gescheite Frau. Das wusste ich immer schon. Eine sehr, sehr gescheite Frau.»

«Kann sein», sagte ich. «Aber das ändert nichts an der Tatsache, dass meine Frau mich zum Idioten macht.»

«Ganz und gar nicht», sagte Addison. «Niemand denkt deswegen schlecht von dir. Glaub mir, wirklich niemand. Ganz im Gegenteil. Du hast neue Freunde, Lucian, mehr als du ahnst. Alle Welt liebt einen Hahnrei.»

«Ach ja?»

«Willst du jetzt was zu trinken?»

«Nur einen kleinen», sagte ich.

Addison schenkte ein und reichte mir mein Glas. Ich wollte gerade daran nippen, als Addison fortfuhr.

«Ich habe gestern einen Freund von dir getroffen», sagte er.

Ich hielt inne. «Wen denn?», fragte ich.

«Steve Roark. Den Gemeinderat.»

Ich stellte das Glas auf das Tischchen.

«Den Vorsitzenden? Der ist kein Freund von mir.»

«Da würde ich dir recht geben», sagte Addison.

«Woher kennst du den?»

«Von der Anwaltskammer. Roark und ich sind ins Plaudern gekommen.»

«Anwaltskammer? Der Vorsitzende ist auch noch Anwalt?»

«Wir sind überall, Lucian.»

«Ich denke, er war Offizier», sagte ich.

«Ist er auch», sagte Addison. «Oder vielmehr: war er. Bei der Militärstaatsanwaltschaft. Er ist Mitglied der Anwaltskammer in Washington, D.C., und daher auch in unserer. Reziprozität. Leider. Der Mann ist ein reines, unverfälschtes Arschloch. Hält sich für General Patton. Keiner kann ihn ausstehen. Aber das ist ihm egal. Er kommt zu jeder Veranstaltung. Bei der letzten kam dein Name ins Spiel.»

«Wieso?»

«Irgendwem ist ein Arm abgetrennt worden?»

«Eine Hand», sagte ich. «Aber, ja, das stimmt.»

«Roark hat davon angefangen. Er kennt den jungen Mann. Er glaubt, dass er das Opfer eines tätlichen Angriffs war.»

«Dass er das glaubt, heißt nicht, dass es auch so war.»

«Wie es scheint, ist er nicht ganz zufrieden mit deiner Reaktion als Sheriff.»

«Was will er denn? Es ist ein ungeklärter Fall. Wir arbeiten daran.»

«Natürlich. Das habe ich ihm auch gesagt. Ich habe dich in Schutz genommen. Aber Roark hat erfahren, dass es, seit er hierher gezogen ist, ähnliche Zwischenfälle gegeben hat.»

«Einen oder zwei», sagte ich.

«Jemand hat ein Ohr verloren, sagt er. Ich glaube mich daran zu erinnern. War das nicht Buddy Carpenter? Dem die Motorsäge an den Kopf geschlagen ist? Vor ein paar Jahren?»

«Stimmt.»

«Und dann war da dieser Unfall, bei dem der junge Lewis verletzt wurde.»

«Ja.»

«Was ist aus dem eigentlich geworden?»

«Er ist weggezogen, glaube ich.»

«Ja», sagte Addison. «Und was ist mit dem Bankroft-Jungen? Sam? Scott? Der sich damals in den Fuß geschossen hat?»

«Tommy. Wie's aussieht, ist er auch weggezogen.»

«Ganz schöne Strecke jedenfalls», sagte Addison.

«Ich weiß nicht», sagte ich. «Auf ein paar Jahre verteilt? Was soll das für eine Strecke sein? Unfälle passieren eben. Und außerdem: Es ist ja nicht gerade so, als würde es irgendeinem leidtun, dass diese Jungs nicht mehr da sind, oder?»

«Stimmt», sagte Addison. «Das waren böse Jungs, allesamt. Gut, dass sie weg sind, da gebe ich dir recht. Aber der Vorsitzende hat sie erwähnt. Und dann hat er nach dir gefragt. Wollte wissen, wie lange du schon Sheriff bist. Woher du weißt, wie Polizeiarbeit funktioniert. Welche Pflichten ein Sheriff hat. Wie er gewählt wird. Und wann. Wie die aufsichtführende Behörde heißt. Solche Sachen eben.»

«Weiß er, dass wir … äh, verwandt sind?», fragte ich.

«Das habe ich ihm gesagt. Und dass du deinen Job gut machst.»

«Aber das hat er dir nicht geglaubt.»

«Den Eindruck hatte ich auch», sagte Addison. «Er ist kein Freund von dir, sehr richtig. Lass dich von ihm nicht irritieren, Lucian. Was soll er schon tun – deine Amtsenthebung beantragen?»

«Ich hab noch nie gehört, dass ein Sheriff seines Amtes enthoben worden ist.»

«Natürlich nicht. Beachte ihn gar nicht. Ich habe es nur erwähnt, weil ich dachte, du solltest es wissen. Dass Roark sich für dich interessiert.»

«Ich weiß das zu schätzen», sagte ich.

«Stephen Roark ist ein Sprinter, Lucian», sagte Addison. «Das weißt du. Er ist der klassische Sprinter. Sprinter kommen, sie sind da, und dann sind sie auch schon wieder weg. Warte es ab.»

«Warte es ab», sagte ich. «Ganz schön viel Warterei, was du da von mir verlangst. Ich soll auf Clemmie warten. Und jetzt also auch noch darauf, dass der Vorsitzende aufhört, sich für mich zu interessieren. Wie es aussieht, soll ich gar nichts anderes mehr tun als warten.»

«Wie alle anderen», sagte Addison.

Ein Sprinter, hatte Addison gesagt. Sprinter war unsere Bezeichnung für eine bestimmte Art von Zugezogenen, denen man in kleinen ländlichen Gemeinden wie unserer begegnet. Ein Sprinter zieht aus der Stadt hierher. An einem Montag folgt er dem Umzugswagen zu seinem neuen Haus. Am Dienstag packt er aus. Am Mittwoch kommt er zur Gemeinderatssitzung. Am Freitag hat er Sitz und Stimme. Am Dienstag darauf ist er Gemeinderatsvorsitzender. Noch eine Woche, und er ist Friedensrichter und Immobilientaxator. Seine nächste Station wäre das

Amt des Bürgermeisters, aber da es das bei uns nicht gibt, hat er alles erreicht, was er hier erreichen kann, und muss seine Ziele höher stecken. Er kandidiert für das Staatsparlament. Da kein anderer diesen Job will, gewinnt er. Jetzt ist er meist in Montpelier. Auf der örtlichen Ebene ist er weniger präsent – er fließt sozusagen ab wie Wasser nach einer Überschwemmung. Mit einem Mal sieht man ihn seltener. Und bald sieht man ihn gar nicht mehr.

Solange der Sprinter unter uns weilt, kommen wir in den Genuss seiner neuen Perspektive und all der Erfahrungen, die er in der großen weiten Welt gesammelt hat. Wir kommen in den Genuss seines ganzen Wissens und Unwissens. Wie zum Beispiel im Fall Terry St. Clair. Die Sache ist: Roark weiß nicht, wo er ist. Er denkt, er ist noch immer im Pentagon bei all den hohen Tieren. Aber das ist ein Irrtum. Wir sind keine hohen Tiere. Wir sind arbeitende Menschen. Wir arbeiten mit schwerem Gerät. Wir arbeiten im Wald, im Steinbruch, auf der Straße, auf der Farm. Es ist harte Arbeit, ganz anders als im Pentagon. Arbeit macht müde. Und dann gibt es Unfälle. Wie ich zu Addison gesagt habe: Unfälle passieren eben. Der Vorsitzende versteht das nicht. Er wird es nie verstehen. Und ich habe nicht die Zeit, es ihm zu erklären, nicht mal, wenn er aufnahmefähig wäre, was er aber nicht ist.

Wenn man es also mit einem zu tun hat, der nicht aufnahmefähig ist, dem man keine Anweisungen geben kann und der seinen Mund nicht hält – was macht man dann mit ihm?

DIE GLOCKE

Erst am Wochenende fuhr ich mit Clemmies Wunschliste zu unserem Haus. Hätte ich das früher tun können? Klar, hätte ich. Aber ich wollte Clemmie ein bisschen ärgern. Sie ein bisschen warten lassen. Clemmie wartet nicht gern. Aber wie ich es sehe, bin ich ihr Mann, nicht ihr Angestellter. Nicht ihr Diener. Manchmal muss man sie daran erinnern. Manchmal muss sie die Glocke hören.

Als ich vor dem Haus hielt, hockte sie auf allen vieren und spähte unter die Vorderveranda. Jakes Pick-up stand, wie Clemmies Accord, neben dem Haus. War er da? Vielleicht würde ich es erfahren, aber eigentlich rechnete ich nicht damit, dass er sich zeigte. In letzter Zeit war Jake in meiner Gegenwart ein bisschen scheu. Ich hatte keine Ahnung, warum.

Clemmie stand auf und kam mir entgegen. Sie machte ein finsteres Gesicht, und ich dachte schon, sie würde über mich herfallen, weil ich nicht schon früher gekommen war, aber nein.

«Stu ist weg», sagte sie. «Er ist gestern Abend nicht nach Hause gekommen. Ich dachte, er ist vielleicht wieder unter der Veranda.»

Stu war unser Kater. Ein fettes, flauschiges, schwarzweißgestreiftes Vieh, das Ähnlichkeit mit einem zu großen Stinktier hatte. Stu war eigentlich Clemmies Kater, behandelte mich aber höflich. Mit Jake wollte er nichts zu tun haben. Ich mochte Stu.

«Keine Sorge», sagte ich. «Dem geht's gut. Er war schon öfter mal weg.»

«Ich weiß», sagte Clemmie. «Aber Jake hat gestern Nacht

und in den Nächten davor Coyoten gehört. Hilf mir suchen, ja?»

«Jake hat Coyoten gehört? In der Nacht? Ich bin überrascht. Ich hätte gedacht, nach all der Bewegung, die er hier kriegt, schläft er nachts tief und fest.»

«Sehr witzig», sagte Clemmie.

«Wo ist mein alter Kumpel überhaupt?», fragte ich. «Ich würde ihm zu gern hallo sagen, aber ich sehe ihn gar nicht.»

«Er ist … in der Arbeit», sagte Clemmie.

«Und warum steht sein Pick-up hier?»

«Er ist abgeholt worden», sagte Clemmie. «Also hilfst du mir jetzt suchen oder nicht?»

«Wozu? Wenn er im Wald ist, finden wir ihn nie. Er wird schon kommen oder auch nicht. Wahrscheinlich eher nicht. Für Kater wie Stu ist es da draußen nicht gerade gesund. Jake hat Coyoten gehört. Oder nein – vielleicht ist Stu ja auch dem Don begegnet.»

«Ich glaube diesen Quatsch über den Don nicht», sagte Clemmie, «und du genauso wenig.»

«Natürlich glaube ich das», sagte ich. «Warum auch nicht? Der springende Punkt ist: Du wirst Stu nicht finden. Und wenn die Coyoten oder der Don ihn gekriegt haben, wirst du ihn auch gar nicht finden wollen.»

«Das heißt also nein.»

«Ich helfe dir», sagte ich.

Wir gingen um das Haus herum in den Garten, suchten hier und dort, riefen Stus Namen und marschierten dann weiter in den Wald. Unser kleines Grundstück endet an einem Bach. Jenseits davon erhebt sich der Diamond Mountain, dichtbewaldet bis zum Gipfel. Es gibt da oben keine Häuser oder asphaltierte Straßen, bloß ein paar alte Forstwege. Das Gelände ist steil, unwegsam und voll Unterholz. Dort leben Coyoten und manches andere. In diesen Wäldern einen verirrten Kater oder sonst irgendwas zu suchen, das kleiner ist als ein Schlachtschiff, ist eigentlich reine Zeitverschwendung. Nach einer halben Stunde hatte auch Clemmie das begriffen. Wir gaben die Suche auf und gingen wieder runter zum Haus. Dort holte ich mein Werkzeug aus dem Pick-up und wollte hineingehen, um die Sachen zu erledigen, von denen Clemmie ihrem Vater erzählt hatte, aber:

«Mach das doch lieber ein andermal.»

«Ein andermal?», sagte ich. «Du bist doch diejenige, die das erledigt haben wollte. Du hast gesagt, ich soll kommen. Da bin ich.»

«Das war vor vier Tagen», sagte Clemmie. «Da hast du dich nicht gemeldet. Jetzt kommst du ungelegen.»

«Ich komme ungelegen?»

«Du kommst ungelegen.»

Bimm machte die Glocke.

«Warum?», fragte ich.

«Ist eben so.»

Ich stellte den Werkzeugkasten sorgsam auf die Heckklappe des Pick-ups. «Das tut mir leid», sagte ich. «Es tut mir leid, dass ich ungelegen komme. Das ist nicht schön für dich. Besonders wo dir doch so viele andere Sachen im Großen und Ganzen ziemlich gelegen kommen, oder? Findest du nicht auch?»

Clemmie gab keine Antwort. Sie verschränkte die Arme und musterte mich mit einem Blick, den man zur Ameisenvernichtung hätte einsetzen können.

«Ich würde sagen ja», antwortete ich mir selbst. Ich kam langsam auf Temperatur. «Dir kommt das alles ziemlich gelegen, würde ich sagen. Du wohnst hier draußen, in einem schönen Haus, mietfrei, hypothekenfrei, du hast Kabelanschluss, eine

Katze und einen neuen gebrauchten Accord. Du hast einen unsichtbaren, jederzeit verfügbaren, allwettertauglichen Freund. Du hast sogar einen Gratishausmeister. Das bin ich. Ich bin der Hausmeister. Nur manchmal bin ich nicht schnell genug. Manchmal bin ich ein bisschen spät dran. Soll ich dir sagen, warum?»

Clemmie sah jetzt heiter in den blauen Himmel. Ihre ganze Aufmerksamkeit galt den dahintreibenden Wolken, dem Sonnenlicht und den umherfliegenden Vögelchen.

«Weil mir der Rücken weh tut», sagte ich. «Morgens tut mir der Rücken weh. Manchmal komme ich kaum hoch. Vielleicht liegt es daran, dass ich auf diesem alten Sofa schlafe. Du weißt schon – das in meinem Büro. Es ist eigentlich nicht besonders bequem, dieses Sofa. Manche würden sagen, es ist durchgelegen.»

«Macht dir das eigentlich Spaß?», fragte Clemmie. «Amüsierst du dich gut? Sag's mir bitte.»

«Nein, eigentlich nicht. Eigentlich macht es mir keinen Spaß. Das liegt daran, dass ich, wie du, Ungelegenheiten hasse. Und mir kommt es enorm ungelegen, im Büro leben zu müssen.»

«Wo denn auch sonst?»

«Was sagst du?»

Clemmie kann so glatt und rasend schnell schalten wie ein Rennfahrer. Man muss es erlebt haben. «Wo sonst hast du denn gelebt?», fragte sie mich jetzt. «Als wir uns kennengelernt haben, hast du im Büro gelebt – so gut wie. Und danach, nach unserer Hochzeit, hast du weiter in diesem Büro gelebt. Dein Körper war vielleicht mal hier, bei mir – wenn auch eher selten –, aber du nicht. Nie. Du warst immer in deinem Büro. Auf deinem Sofa.»

«Moment mal –», sagte ich.

«Auf deinem Scheißsofa», sagte Clemmie. Sie näherte sich der Höchstdrehzahl, das sah ich an ihrem Mund. «Oder», fuhr sie fort, «du bist hierhin und dorthin galoppiert, um dich um jeden Mist zu kümmern und die Legende des Tals zu werden. Und wer hätte gedacht, dass ein so kleines Tal überhaupt eine Legende braucht? Wer hätte gedacht, dass es hier so viele Orte gibt, wo die Legende unbedingt hinmuss, damit sie nicht zu Hause zu sein braucht?»

«Hör mal –»

«Nein, jetzt hörst *du*. Wenn ich gewusst hätte, dass ich eine Legende heirate, wäre ich lieber unverheiratet geblieben. Mit einer Legende verheiratet zu sein ist kein Vergnügen. Nein, wirklich nicht. Es ist ein einsames Leben. Einsam und langweilig.»

«Langweilig?»

«Langweilig», sagte Clemmie. «Und jetzt entschuldige mich.» *Bimm.* Ende der Runde.

«Wegen dieser Sachen», sagte ich und meinte die Fensterscheibe, den Wasserhahn und so weiter. «Ich kann das jetzt erledigen oder später noch mal kommen.»

«Ich hab doch gesagt: nicht heute.»

«Ist mir egal, ob er da ist oder nicht», sagte ich.

«Herrgott, Lucian: *Er ist nicht da.*» Clemmie drehte sich um und ging hinein.

Ich stieg in den Wagen, fuhr wieder zurück zur Straße, sah kurz zum Haus und bemerkte, dass der Vorhang im ersten Stock einen Spaltbreit geöffnet und wieder geschlossen wurde. Jemand hatte uns von dort aus zugesehen. Jake? Clemmie hatte gesagt, er sei in der Arbeit, aber es sah nicht so aus, oder? Ich hatte mich gefragt, ob Jake bei ihr eingezogen war. Dass er sich im Schlafzimmer versteckte, war nicht unbedingt eine

Bestätigung. Aber auch kein Dementi. Man konnte es nicht wissen.

Ich fuhr also los und hielt dabei rechts und links Ausschau nach Stu. Keine Spur von ihm, natürlich. Ich hatte nicht viel Hoffnung für den armen Stu. Auf diesem Berg lebten jede Menge Tiere, die ihn nur zu gern verspeist hätten, nicht nur Coyoten, sondern auch Füchse, Fischermarder und Eulen, ganz zu schweigen von dem riesigen Killerhund, der angeblich in diesen Wäldern lebte. Clemmie hielt das für ein Gerücht, aber ich war mir nicht so sicher. Wingate hatte ihn gesehen. Andere ebenfalls. Er hieß Don Corleone.

Es war ein italienischer Mastiff, ein Kampfhund, nicht für die Jagd gezüchtet, sondern um in einem Käfig oder einer Grube auf einen anderen Kampfhund losgelassen zu werden und dann zu beißen und zu reißen, bis einer oder beide verblutet waren. Gestromt, hatte Wingate gesagt, mit breitem Kopf und breiten Schultern und ziemlich groß, an die siebzig Kilo. Er hatte einem halbverrückten pensionierten Polizisten aus New York namens Calabrese gehört, der in einem Trailer auf der anderen Seite des Diamond Mountain so was wie ein Einsiedlerleben geführt hatte. Calabrese hatte diese Hunde züchten wollen, und Don Corleone war sein Deckrüde gewesen, wie man das unter Hundezüchtern nennt. Zu dumm für Calabrese, dass er, noch bevor die Sache in Gang gekommen war, beim Füttern des Hundes einen Herzanfall gehabt hatte und tot umgefallen war. (Das war jedenfalls unser Eindruck gewesen, als wir uns dort umgesehen hatten.) Die Zwingertür hatte offen gestanden, und der Hund war verschwunden. Und seitdem streunt er da draußen herum. Er hat im ganzen Tal Schafe, Schweine, ja sogar Rinder gerissen. Calabrese hatte den Hund Don Corleone genannt, nach einem anderen Italiener, der auf seine Art sehr nett war, aber keinerlei Bedenken hatte, einen umzubringen. Und wenn Stu nun Don Corleone über den Weg gelaufen war? Calabrese hätte vermutlich gesagt: Vergiss es.

Langweilig, hat Clemmie gesagt. Das Leben mit mir ist unter anderem langweilig, hat sie gesagt. Das wird wohl stimmen. Ich bin beständig, zuverlässig, geduldig, aufrichtig. Ich dachte immer, Frauen gefällt das. Einigen jedenfalls. Clemmie hat es gefallen. Das hat sie gesagt. Ihre Mutter war komplett aus dem Bild, und ihr Vater war, wenn er nicht betrunken war, damit beschäftigt, ein führendes Mitglied der Gesellschaft zu sein, und darum wollte Clemmie einen soliden, verlässlichen Mann, der – um mit ihrem Vater zu sprechen – einfach da war wie Geld auf der Bank. Den hat sie gekriegt. Eine Weile hat ihr das gefallen. Aber jetzt langweilt sie sich. Allerdings nicht mehr lange. Dafür wird Jake schon sorgen, wenn er seinen Platz am Fenster verlässt. Oder wie wär's damit: Vielleicht ist Jake wirklich in der Arbeit, wie Clemmie gesagt hat, und es ist jemand anderes da oben im Schlafzimmer. Unserem Schlafzimmer. Meinem Schlafzimmer. Warum nicht? Jeder kann mitmachen. Hauptsache, Clemmie langweilt sich nicht.

Addison hat mir mal gesagt: «Lucian, du und Clemmie, ihr führt eine offene Ehe. Das haben Monica und ich auch getan, eine Zeitlang jedenfalls, auch wenn wir's nicht so genannt haben. Bei uns hieß es Ausrutscher oder Seitensprung oder manchmal auch Ehebruch. Heute nennt man es offene Ehe. Ist heutzutage ziemlich verbreitet – jeder scheint eine zu haben. Genieß es. Und du hast ja auch was davon – also los.»

Er hatte wahrscheinlich recht, aber eigentlich finde ich nicht, dass ich auch was davon habe. Die Sache ist die: Clemmie und ich führen nicht irgendeine offene Ehe. Wir führen eine ganz besondere offene Ehe. Sie ist offen für Clemmie, aber nicht für mich. Wie es aussieht, ist unsere offene Ehe am einen Ende offen und am anderen nicht, wie eine Keksdose oder eine Fischreuse.

Tja, so was passiert eben, wenn eine Frau unter ihrem Niveau heiratet. Nicht umsonst hat unsere Mutter Clemmie immer «die Infantin» genannt. Ja, Clemmie hat unter ihrem Niveau geheiratet. Sie glauben mir nicht? Fragen Sie, wen Sie wollen. Fragen Sie Clemmie.

DFK

Wingate war nicht überrascht. «Ein Bursche wie der», sagte er, «einer, der so viel Erfolg hat und sich seiner so sicher ist … das macht was mit ihm. Du musst immer daran denken: Er ist nicht ganz richtig im Kopf. Ich hab das im Krieg immer wieder erlebt. Die hochrangigen Offiziere waren allesamt verrückt. Natürlich jeder anders und auf seine Weise. Manche dachten, es gehörte zu Gottes Plan, dass sie jederzeit alles haben konnten, was sie wollten. Andere dachten das nicht, die brauchten keinen Gott. Sie waren eben tausendmal schlauer, stärker, härter, besser, qualifizierter, verdienstvoller als alle anderen, und darum war es ganz klar, dass sie oben waren. Sie konnten nicht verstehen, dass sie das, was sie waren und was sie erreicht hatten, wie jeder andere hauptsächlich ihrem Glück verdankten.»

Wir hatten über den Vorsitzenden gesprochen. Darüber, dass er an Terry St. Clair so viel Anteil nahm. Dass er mir im Genick saß. Dass er mir die Hölle heißmachen wollte. Wingate sagte, er sei nicht überrascht.

«Ich weiß nicht», sagte ich. «Ich bin kein großer Fan von ihm, aber ich glaube nicht, dass er verrückt ist.»

«Völlig durchgeknallt», sagte Wingate. «Und nicht vergessen: Ich war der Erste, der es dir gesagt hat. Hör zu, ich lasse dich jetzt ein bisschen an meiner Erfahrung und der Weisheit des Alters teilhaben, und du kannst meinen Rat beherzigen oder es bleiben lassen. Wenn du denkst, Mister Roark ist geistig gesund und vernünftig – bitte. Aber unterschätze ihn nicht. Denk nicht, dass er irgendwann aufhören wird. Jeder normale

Mensch würde so was wie die Sache mit Terry früher oder später vergessen. Roark nicht. Und das meine ich mit ‹verrückt›.»

«Ich weiß», sagte ich.

Wir saßen auf Campingsesseln in Wingates Garten. Er rauchte eine Zigarre. Er genehmigte sich drei Stück täglich, und die rauchte er draußen. Er behauptete, die frische Luft mache den Zigarrenrauch gesünder und wohltuender. Wingate hat manchmal sehr eigenartige Ideen.

«Ich weiß nicht», sagte er. «Heutzutage, mit Leuten wie Roark, ist dein Job schwieriger als zu meiner Zeit.»

«Da hast du verdammt recht.»

«Ganz im Ernst», sagte Wingate. «Zu meiner Zeit haben sie mich meinen Job im Großen und Ganzen so machen lassen, wie ich es für richtig hielt. Sie haben nicht alles nachgeprüft und überwacht. Sie haben einem vertraut. Wenn nicht, haben sie bei der nächsten Wahl für einen anderen gestimmt, und weg war man. Heutzutage ist jeder ein Sheriff: Roark, die anderen Gemeinderäte, der Stadtschreiber, alle. Liegt wahrscheinlich an dem riesigen Gehalt, das du kriegst.»

«Das wird's wohl sein.»

«Wie geht's Clementine?», fragte Wingate. Ich hatte darauf gewartet.

«Prima», sagte ich.

«Das freut mich. Hab ich nicht irgendjemanden sagen hören, dass es bei euch beiden in letzter Zeit nicht so gut läuft?»

«Das ist gelogen. Seit sie mich rausgeschmissen hat, kommen wir prima miteinander zurecht.»

«Rausgeschmissen? Wo wohnst du jetzt?»

«Im Büro. Vorübergehend.»

«Du meinst unser Büro? Das alte Büro? Da ist nicht viel Platz.»

«Nein.»

«Wie gesagt, das bringt der Beruf so mit sich», sagte Wingate. «Die Arbeit als Sheriff oder irgendeine andere Art von Polizist kann eine Ehe wahrscheinlich ganz schön belasten.»

«Woher willst du das wissen?», fragte ich. Wingate war zeit seines Lebens Junggeselle geblieben.

«Weiß ich natürlich nicht. Aber es sieht schon so aus – belastend für eine Ehe, oder?»

«Wieso hast du eigentlich nie geheiratet?»

«Mich wollte keine haben.»

«Das überrascht mich», sagte ich. «Einen gutaussehenden Mann wie dich?»

«Ich hab nicht immer so gut ausgesehen wie jetzt», sagte Wingate. «Willst du hier einziehen? Du könntest das Gästezimmer haben.»

«Mir geht's da, wo ich bin, ganz gut. Aber danke. Addison hat mir dasselbe angeboten. Alle Welt will mich bei sich unterbringen.»

«Sieht so aus, als wärst du ein beliebter junger Bursche.»

Wingate ist ein schlauer alter Bursche, aber was Roark betrifft, liegt er falsch. Der Vorsitzende Steve ist nicht verrückt. Sein Problem ist, dass er alles zu ernst nimmt. Er hängt sich zu sehr rein. Er ist ein Antreiber, und das ist in der Air Force, wo er aufgestiegen ist, vielleicht ganz in Ordnung, aber bei uns funktioniert es nicht. Die Leute in diesen kleinen Orten gehen letztlich dahin, wohin sie müssen, aber sie lassen sich nicht antreiben. Man muss sie in ihrem eigenen Tempo gehen lassen. Alles regelt sich – nicht immer auf eine perfekte, ordentliche, sanfte oder auch nur gerechte Art. Nicht auf eine Art, die alle oder auch nur irgendwen glücklich macht. Aber alles regelt sich, wenn man es zulässt. Und das ist es, was der Vorsitzende nicht versteht. Er treibt die Leute an, mit Stachelstock und Peitsche, aber es funktioniert nicht. Er kriegt nicht, was er will. Aber wenn er so weitermacht, wird er was kriegen, das er nicht will.

«Terry ist über den Berg, oder?», fragte Wingate.

«Na ja, er wird's überleben. Aber die Hand zu verlieren ist auch nicht gerade eine Kleinigkeit.»

«Welche war's denn?»

«Die linke.»

«Tja, das ist hart», sagte Wingate. «Wo er doch Linkshänder war.»

«Das war seine Klauhand», sagte ich.

«Dann ist das eine regelrechte Behinderung.»

«Ein Denkzettel.»

«Ziemlich brutaler Denkzettel.»

«Das ist das Wort, das du immer benutzt hast, wenn ich mich recht entsinne», sagte ich.

«Stimmt», sagte Wingate. «Manchmal muss ein Denkzettel brutal sein. Manchmal ist das das Einzige, was funktioniert.»

«Ich weiß», sagte ich.

«Ich weiß, dass du das weißt», sagte Wingate.

Wingate wusste, dass ich es wusste, weil er es mir beigebracht hatte. Um ehrlich zu sein: Ich war nicht immer der gesetzestreue, dem Gesetz verpflichtete und ihm Geltung verschaffende mustergültige Bürger, den Sie vor sich sehen. Ich war ein unartiger Junge, einer der schlimmsten. Vor zwanzig Jahren waren ich und drei oder vier meiner Freunde die Geißel des Tals. Wir wurden angetrieben von Alkohol, Benzin und … wie heißt das Zeug noch? Testosteron. Und wir liefen auf Hochtouren. Wir setzten Außenklos in Brand, wir jagten, fingen und ritten (wenn möglich) Pferde, Kühe, Schafe und andere Tiere, wir malten das Postamt in Bethany lila an, wir warfen tausend Fenster-scheiben ein, ließen die Luft aus tausend Autoreifen, steckten tausend Kanonenschläge in tausend Briefkästen. Als einer von uns, Chipper Ness, auf die Sonderschule kam und lernte, wie man ein Zündschloss kurzschließt, erweiterten wir unser Spektrum, liehen uns Wagen aus – einmal sogar Sheriff Wingates Streifenwagen – und machten Spritztouren. Schnelle und teure Spritztouren.

Gut, irgendwann war es damit vorbei. Einige von uns waren schlau: Gus Cooper hat einen sehr gut gehenden Baubetrieb, und Danny Tucker ist Ingenieur bei der Straßenbaubehörde. Einige kamen zur Ruhe, weil ihnen gar nichts anderes übrigblieb: Chipper sitzt in einem Bundesgefängnis in Tennessee, und ich ließ mich zu einer Dienstzeit bei der Navy überreden, kam zurück, war ein paar Jahre bei der State Police und wechselte dann zum Sheriff's Department. Als Wingate mir einen Job als Deputy anbot, sagte er, die Erfahrungen mit mir hätten ihm gezeigt, dass wir auf die eine oder andere Art oft miteinander zu tun haben würden, und da erscheine es ihm sinnvoll, wenn wir dabei meist auf derselben Seite stehen würden.

Selbst heute weiß ich nicht, ob meine Arbeit als Sheriff mein Beruf ist. Ich habe das nie geplant. Aber wenn es mein Beruf ist, wenn es darauf hinausläuft, dass ich diese Arbeit mein Leben lang mache, dann wegen Wingate. Weil er mich gepackt, umgedreht und ziemlich energisch auf den geraden Weg der Tugend gestellt hat. Zumindest war er dabei behilflich. Sie waren nämlich zu dritt: Wingate, Homer Patch, der damals Constable in Gilead war, und Cola Hitchcock – der alte Cola Hitchcock natürlich, der Vater des heutigen Cola, der den Schrottplatz in Dead River hat.

Sie nannten es Denkzettel. Die drei hielten mich eines

Nachts auf der Straße zum Mount Nebo an. Ich dachte, Wingate wolle mich wegen Trunkenheit am Steuer drankriegen, und fühlte mich sicher, denn betrunken war ich (in dieser Nacht) nicht; allerdings war mir nicht ganz klar, wieso er Homer und den alten Cola dabeihatte.

«Bin ich jetzt festgenommen?», fragte ich.

«Ach was, nein», sagte Cola. «Wir fahren zu einer Party. Du magst doch Partys.»

«Ich glaube, heute habe ich keine Lust», sagte ich.

«Du musst aber mitkommen», sagte Homer. «Du bist der Ehrengast.»

Wingate sagte nichts.

Sie setzten mich neben Cola in Wingates Pick-up. Wingate fuhr. Es war sein Privatwagen. Homer folgte uns in meinem Wagen. Wir fuhren den Mount Nebo hinauf bis Bort, wo die Straße tief im Wald endet. Der alte Cola hatte dort eine Jagdhütte, die noch von seinem Vater stammte. Der ganze Mount Nebo war damals wie heute Staatsbesitz, aber Colas Familie hatte etwas, das er Nießbrauch oder so nannte, eine Art Sonderrecht, das es ihnen erlaubte, die Hütte und ein paar Morgen Grund zu nutzen. Die Hitchcock-Männer (hauptsächlich die Männer) fuhren in der Jagdsaison mit ihren Familien und Freunden dort hinauf und jagten Hirsche, Bären, wilde Truthähne und so weiter.

Was Cola da hatte, war eine echte altmodische original Vermonter Jagdhütte. Man hätte sie ausstopfen und in einem Museum ausstellen können. Eigentlich war sie schon ein Museum – ein Museum ihrer selbst.

Wo die Forststraße an einem alten Holzverladeplatz endete, musste man aussteigen und noch vier-, fünfhundert Meter laufen. Die Hütte bestand aus grobgesägten Balken, auf die man nackte, schwarze Dachpappe genagelt hatte; keine Verblendung. Es war ein quadratischer, fünf mal fünf Meter großer Raum mit Stockbetten an zwei Wänden, schmutzigen, nie geputzten Fenstern, einem trockenen Waschbecken, einem Tisch, acht oder zehn gepolsterten und ungepolsterten Stühlen und einem großen, aus einem alten Ölfass gebauten Holzofen. Innen hatte man Fichtenbretter vertikal an die Wände genagelt und mit längst vergilbten Zeitungen tapeziert. An den Wänden von Colas Jagdhütte konnte man vom Überfall auf Pearl Harbor lesen, von DiMaggio und Harry Truman. Über dem Waschbecken waren Regale für Konservendosen und Flaschen mit diversen Flüssigkeiten, die gewöhnlich einen gewissen Alkoholgehalt hatten. Außerdem lagen da die Spielkarten und die Chips.

Draußen waren die Dachpappenwände mit Geweihen und Truthahnflügeln geschmückt. Es gab keinen Strom und kein fließendes Wasser, dafür aber Petroleumlampen, Wasser, das man eimerweise vom Bach holen musste, und ein Plumpsklo.

Wir setzten uns an den Tisch. Die drei sahen erst mich und dann einander an. Keiner schien zu wissen, wo er anfangen sollte. Schließlich sagte Wingate etwas. Er fragte mich: «Du hast doch bestimmt was für Schiffe übrig, oder?»

«Schiffe?», sagte ich. «Sie meinen Ruderboote? Kanus?»

«Nein», sagte Homer. «Rip denkt eher an Schlachtschiffe. Kreuzer.»

«Zerstörer», sagte der alte Cola. «Flugzeugträger. So was gefällt dir, oder?»

«Ich weiß nicht», sagte ich. «Da hab ich noch nie drüber nachgedacht.»

«Hast du schon mal ein Schlachtschiff oder einen Flugzeugträger gesehen?», fragte mich Wingate.

Ich schüttelte den Kopf. *Was soll der Scheiß?*, dachte ich.

«Willst du?», fragte Cola. «So was mal sehen?»

«Ich weiß nicht», sagte ich. *Was soll der Scheiß?*

«Klar will er das», sagte Homer. «Dieser junge Bursche hier? Der so viele Hummeln im Hintern hat? Der alle möglichen Abenteuer erleben will?»

«Genau der», sagte Cola. «Dieser junge Draufgänger, der nicht weiß, wohin mit seiner Energie. Ja, ja, all diese Energie. Unser kleines Tal ist nicht annähernd groß genug für ihn und seine ganze Energie.»

«Nein, er ist praktisch rausgewachsen – die Nähte platzen wie bei einem billigen Hemd», sagte Homer.

«Er braucht eindeutig ein größeres Betätigungsfeld», sagte Wingate.

«Stimmt», sagte Cola. «Stimmt genau.»

«Eigentlich genau der junge Bursche, für den sie die Navy erfunden haben, oder?», sagte Homer.

Was?

«Hast du bestimmt schon mal gehört», sagte Wingate. «‹Geh zur Navy, sieh dir die Welt an.› Was gibt's Schöneres?»

«Ich denke, du warst bei der Army», sagte Cola zu ihm.

«Dasselbe, nur anders», sagte Wingate. «Aber egal wie, es läuft auf dasselbe raus: dass du die Kurve kratzt. Dass du Leine ziehst.»

«Du musst weg von hier», sagte Cola.

«Du musst irgendwo anders hin», sagte Homer.

«So'n Quatsch», sagte ich. «Wer sagt das?»

«Du willst wissen, wer das sagt?», antwortete Wingate. «Alle. Tatsache ist, dass du uns langsam auf den Geist gehst. Morisons Fahnenmast – wart ihr das?»

«Ich weiß nicht, was Sie meinen?», sagte ich.

«Doch, das weißt du genau», sagte Cola.

«Du und deine Kumpel», sagte Wingate. «Cooper. Tucker. Du weißt schon.»

«Wenn Sie was von meinen Freunden wollen», sagte ich, «müssen Sie schon mit denen reden.»

«Wir reden aber mit dir», sagte Wingate.

Cola hatte Feuer gemacht. Jetzt stand er auf und ging zum Ofen. Er machte die Klappe auf und sah sich das Feuer an. Er nahm aus der Kiste neben dem Ofen ein paar dünne Scheite und warf sie hinein. Dann griff er hinter den Ofen und holte eine Eisenstange hervor, so was wie einen Schürhaken. Er schob ihn ins Feuer und ließ ihn darin stecken. Dann setzte er sich wieder an den Tisch.

«Wir machen dir einen freundlichen Vorschlag», sagte Homer.

«Geh zur Navy, sieh dir die Welt an», sagte Cola. «Oder zur Army, zur Air Force, zu den Marines, zur Coast Guard, zu irgendwas anderem. Spielt keine Rolle. Könnte alles Mögliche sein.»

«Aber zieh Leine», sagte Wingate. «Verschwinde, wenigstens für ein paar Jahre – sagen wir: drei, vier.»

«Da hast du ein bisschen Zeit zum Nachdenken», sagte Homer.

«Eine Dienstzeit bei der Navy sind drei Jahre, oder?», sagte Cola.

«Ein bisschen Zeit, dir mal alles durch den Kopf gehen zu lassen», sagte Wingate.

«Und wenn ich nicht will?», fragte ich.

Die drei saßen lange da, sahen mich an und sagten gar nichts. Dann sahen Homer und Cola Wingate an. Wingate seufzte. «Immer diese Widerworte», sagte er.

Cola stand wieder auf und ging zum Ofen. Er zog einen Handschuh an, bevor er den Schürhaken anfasste, den er durch die Klappe gesteckt hatte. Er hielt ihn hoch, musterte ihn und stecke ihn wieder ins Feuer.

«Wir können das auf verschiedene Arten spielen», sagte Cola.

«Was denn?», fragte ich die drei. «Was für Arten? Wer steht eigentlich hinter euch?»

«Niemand», sagte Cola.

«Alle», sagte Homer.

«Das ganze Tal», sagte Cola.

«Das Tal», sagte Wingate. «Wir stehen hier stellvertretend für das Tal. Alle im Tal stehen hinter uns.»

«Ob sie es wissen oder nicht», sagte Cola.

«Ob sie es wollen oder nicht», sagte Homer.

«Sie meinen, Sie sind hier, weil Sie der Sheriff sind?», fragte ich Wingate.

«Nein», sagte Wingate. «Das hat nichts damit zu tun. Überhaupt nichts. Das hier ist was ganz anderes.»

«Was Privates, könnte man sagen», sagte Homer.

«Was Echtes», sagte Wingate.

«Na, was meinst du?», fragte mich Cola.

«Muss ich erst mal drüber nachdenken», sagte ich.

«Tu das», sagte Wingate.

«Wir helfen dir», sagte Homer.

«Helfen?», fragte ich. «Wann denn?»

«Jetzt», sagte Homer.

«Wir haben da was. Damit du nicht vergisst, darüber nachzudenken», sagte Cola.

«Einen Denkzettel sozusagen», sagte Wingate.

Cola ging wieder zum Ofen und zog den Schürhaken heraus. Er blies auf das Ende, das in der Glut gesteckt hatte. Es war ein rechteckiges Stück Eisen, so heiß, dass es dunkelrot war wie manche Äpfel. Der Schürhaken war gar kein Schürhaken. Ich wusste, was es war. Cola gab es Wingate.

«Okay», sagte er. «Fertig?»

Er und Homer stellten sich rechts und links von meinem Stuhl auf. Wingate hielt das Brandeisen.

«Steh auf», sagte Wingate. Ich stand auf.

«Hose runter», sagte Homer. Ich machte den Gürtel auf und ließ Hose und Unterhose runter.

«Leg dich über den Tisch», sagte Wingate. «Sollen wir dich festhalten?» Ich schüttelte den Kopf und legte mich über den Tisch. Ich konnte Homer und Cola rechts und links von mir sehen. Wingate, der mit dem Eisen hinter mir stand, konnte ich nicht sehen, aber hören.

«Na dann», sagte er.

Ich muss wohl ohnmächtig geworden sein. Ich spürte erst wieder was, als ich in meinem Wagen aufwachte. Cola saß am Steuer und folgte den Rücklichtern von Wingates Pick-up. Wir fuhren auf der Forststraße den Berg hinunter. Ich spürte es, und wie – die ganze rechte Seite rauf und runter. Der alte Cola quatschte aufgeräumt.

«Da bist du ja wieder», sagte er. Es klang wie das, was der Chirurg sagt, wenn man gerade aus der Narkose aufwacht. «Keine Sorge, alles in Ordnung. Du hast dich ziemlich gut gehalten, und jetzt hast du's hinter dir. Jetzt hast du deinen Denkzettel. Ich hoffe, er nützt was.»

«Da bin ich mir sicher», sagte ich.

Sobald mein armer Hintern verschorft war, ging ich zum Rekrutierungsbüro der Navy in Rutland. Damals, jetzt und in Zukunft – wenn ich mich vor einen Spiegel stelle und nach hinten sehe, kann ich Colas Brandzeichen erkennen, Wingates Denkzettel, die eingebrannten Buchstaben DFK. Niemand sonst hat sie je gesehen, niemand weiß, dass sie da sind. Na ja, Clemmie hat sie gesehen. Ich habe ihr gesagt, die Abkürzung bedeutet DELTA FORCE KARL, eine Geheimeinheit der Navy, in der ich gedient habe, über die ich aber nicht sprechen darf. Hat sie mir das abgekauft? Wahrscheinlich nicht, aber sie hat auch nicht nachgebohrt, jedenfalls bis jetzt nicht.

Mehr als einmal habe ich mich gefragt, warum ich mir das von ihnen habe gefallen lassen, warum ich mir ein Brandzeichen habe aufdrücken lassen wie ein Kalb. Damals, in Colas Jagdhütte, hätte ich mich losreißen und weglaufen können. Ich hätte mich wehren können; ich hätte wenigstens versuchen können, mich zu wehren. Aber ich kam gar nicht auf die Idee. Es hatte was mit Wingate zu tun – mit den anderen auch, aber vor allem mit Wingate. Vor Wingate lief man nicht weg. Gegen Wingate wehrte man sich nicht. Zum einen wusste man, dass man das nicht konnte, zum anderen stellte man fest, dass man es auch gar nicht wollte. *Wir stehen hier stellvertretend für das Tal*, hatte Wingate gesagt. Da hatte er wohl recht gehabt.

DFK. Wingate verriet mir, was diese Buchstaben in Wirklichkeit bedeuteten: DAMN FOOL KID.

FAMILIENSACHEN

Der Überbringer der Nachricht, dass Clemmie und Jake möglicherweise was laufen hatten, war mein älterer Bruder Paul. Vielen Dank auch, Paul. Aber wie hätte er es verschweigen sollen, nachdem Wendy, seine elende Frau, Wind davon bekommen hatte? Wendy, die nichts so liebte wie Kummer und Sorgen, sowohl eigene als auch die anderer? Wendy, die unsere Mutter immer «die Bestatterin» nannte? Wendy, die damals im Laden auf mich zukam, mit einem Gesicht, als wollte sie gleich in Tränen ausbrechen, meine Hand in beide Hände nahm, mir tief in die Augen sah und sagte: «Paul und mir tut es so leid, Lucian.» Man hätte meinen können, einer von uns wäre gestorben – vielleicht auch wir beide.

«Du und Clemmie, ihr braucht ein bisschen Paarzeit», sagte sie ein andermal.

«Was für eine Zeit?», fragte ich.

«Paarzeit», sagte Wendy. «Ich hab in einer Zeitschrift was darüber gelesen. Ihr müsst zusammen wegfahren, Urlaub machen. In einem romantischen Ort, wo ihr noch nie wart und euch neu ineinander verlieben könnt. Paul und ich haben das vor vier, fünf Jahren auch gemacht.»

«Wohin seid ihr gefahren?»

«Montreal.»

«Toll», sagte ich, «aber bei Clemmie und mir würde das nicht funktionieren.»

«Warum nicht?»

«Jake kann kein Französisch.»

Wendy sah mich an. Ihre Augen wurden schmal. «Was?», sagte sie.

Das ist unsere Wendy: Nicht gerade ein Vergnügungspark, und manchmal steht sie auf dem Schlauch. Unsere Mutter fand, dass Clemmie nicht viel im Kopf hatte, Wendy jedoch hatte in ihren Augen die menschliche Stufe nur mit Mühe erreicht.

Aber im Ernst: Jake und Clemmie? Clemmie und Jake? Wirklich? Jake ist ungefähr in meinem Alter. Auf jeden Fall kein junger Kraftprotz, der die ganze Nacht durchhält. Und unsere Mutter hat recht: Was seine Intelligenz betrifft, spielt Jake nicht gerade in der ersten Liga. Worüber sprechen die beiden, wenn sie nicht gerade miteinander ins Bett gehen? Zum Dame-Spielen ist er zu dämlich. Vielleicht sehen sie sich viel im Fernsehen an.

«Ich dachte immer, das mit Clemmie und Jake war eine Highschool-Sache», sagte Paul. «Ich dachte, das ist längst vorbei.»

Das hatte ich auch gedacht. Ich wusste, dass Clemmie auf der Highschool mit Jake gegangen war, oder vielmehr: Ich glaubte es zu wissen. Ich war mir nicht sicher. Das erste Highschool-Jahr der beiden war mein letztes, ich kannte ihre Namen, aber das war auch schon alles. Als Clemmie und ich zusammenkamen, waren sie und Jake schon lange kein Paar mehr. Jake war bloß irgendein etwas jüngerer Mann, der in unserer Stadt herumlief, und das wäre er auch geblieben – wenn ich nicht gewesen wäre.

Tatsache ist, dass ich derjenige war, der Clemmie und Jake wieder zusammenbrachte. Traurig, aber wahr. Ich hätte sie genauso gut zusammen in eine Besenkammer sperren können. Wingate war in Pension, ich war jetzt Sheriff und brauchte einen neuen Deputy. Jake bewarb sich. Er ist ein großer, starker

Mann, schien seine fünf Sinne beisammenzuhaben, hatte keine Vorstrafen und war bereit, für das Geld zu arbeiten, das ich ihm zahlen konnte. Wie soll man da nein sagen? Ich stellte ihn ein.

Ein Fehler. Ich hatte nicht mit Jakes IQ gerechnet. Auf dem Land verbringt ein Deputy einen großen Teil seiner Zeit auf Patrouille, was im Grunde genommen bedeutet, dass er herumfährt und versucht, nicht einzuschlafen. Den Patrouillendienst kriegte Jake noch ganz gut hin, aber alles, was darüber hinausging, bereitete ihm Schwierigkeiten. Den Verkehr regeln, zum Beispiel. Das müssen Deputys hin und wieder mal. Es ist vielleicht keine Riesenaufgabe, aber es ist eine Aufgabe, und die muss man richtig erledigen, sonst gibt es Chaos und Ärger. Aber Jake kriegte es nicht hin. Ich bin nicht sicher, ob er weiß, wo rechts und links ist. Bei der Parade am 4. Juli in Cardiff postierte ich ihn vor der Bank. Der Corso des Oldtimerclubs aus Brattleboro fuhr die Hauptstraße hinunter. An der Bank sollte die Kolonne stehen bleiben, damit die Wagen der Feuerwehr sich aus einer Seitenstraße in die Parade einreihen konnten. Jake verlor den Durchblick und winkte dem ersten Feuerwehrwagen, der prompt einem der Oldtimer in die Seite fuhr, worauf die Festivitäten für eine Stunde zum Stillstand kamen. Diverse Versicherungen mussten an die zehntausend Dollar bezahlen. Ich bekomme noch immer Post von ihnen.

Ich musste Jake also wieder entlassen, aber da hatte Clemmie schon Gelegenheit gehabt, ein Auge auf ihn zu werfen. Man konnte wirklich nicht sagen, dass Jake in seiner Uniform eine schlechte Figur machte, und Clemmie dachte bestimmt an die alten Zeiten, als sie und Jake jung und verliebt gewesen waren, und so kam vermutlich eins zum anderen – wer weiß schon, wie so was passiert? Es reicht wohl, wenn ich sage, dass Clemmie und Jake zueinanderfanden, und dann kamen Paul und Wendy und erzählten mir alles und sorgten dafür, dass ich auf dem Laufenden war.

Paul hat sich gut gemacht. Er ist Schulrat in unserem Bezirk. Hat als Mathelehrer angefangen, ist befördert worden, hat einen Quereinstieg hingelegt, ist wieder befördert worden, und jetzt ist er der Chef der Show. Vielleicht wird er mal Schulbeauftragter des Staats Vermont, womöglich sogar was noch Höheres. Aber soviel ich weiß, tut Paul den ganzen Tag nichts anderes als Berichte lesen und an Meetings teilnehmen. Ich könnte das nicht. Vor allem die Meetings würden mich fertigmachen. Also verteile ich lieber Strafzettel und schlichte Streitigkeiten.

Paul und ich kommen ganz gut miteinander aus, solange es nicht allzu oft ist. Er ist Baseballfan. Wenn er es einrichten kann, geht er zu jedem größeren Spiel in unserem Bezirk. Es macht ihm Spaß, und außerdem ist es für einen Schulrat nicht schlecht, sich auf der Tribüne zu zeigen, damit alle sehen, dass er ein ganz normaler Typ ist, nicht irgendein abgehobenes großes Tier, dem die Macht zu Kopf gestiegen ist.

«Stell dir vor, wen ich neulich beim Baseball gesehen habe», sagte Paul.

«Babe Ruth.»

«Clemmie. Sie hat sich das Spiel in Springfield angesehen. Ich wusste gar nicht, dass sie sich für Baseball interessiert.»

Ich auch nicht. «Doch», sagte ich. «Sie steht darauf.»

«Sie war mit Jake Stout da», sagte Paul. «Ich wusste nicht, dass der auf Baseball steht.»

«Muss wohl so sein.»

«Aber sie haben das Spiel auch nicht so intensiv verfolgt», sagte Paul. «Sie waren sehr mit sich selbst beschäftigt.»

Nach Pauls taktvollem Hinweis dauerte es nicht lange, bis

ich gewisse Zeichen und Hinweise entdeckte. Man kann die Augen verschließen, so lange man will – wenn man sie einmal aufmacht, bleibt einem gar nichts anderes übrig, als zu sehen. Clemmie war jetzt oft nicht da, wenn ich abends nach Hause kam. Sie ging mit ihrer Cousine Amanda aus Brattleboro zum Essen und anschließend ins Kino und war erst um drei Uhr morgens wieder da (der Film dauerte bis neun). Dann grub sie eine andere Cousine aus: Marcia. Sie wohnte in Massachusetts. Den Namen Marcia hatte ich noch nie gehört. Offenbar musste sie oft besucht werden – mit Übernachtung.

Aber Clemmie und Jake taten das, was sie taten, nicht nur irgendwo anders, weit entfernt. Eines Tages erhielt ich einen Anruf: An einer Straße – eher einer Forststraße – am Round Mountain, tief im Wald, stünden zwei verlassene Wagen. Ich fuhr rauf und fand die Stelle, eine kleine Ausbuchtung, genau an der Schneise für die Starkstromleitung. Die Wagen waren da, aber sie waren nicht verlassen: Clemmies Accord und Jakes Pick-up. Es war niemand zu sehen. Offenbar waren Clemmie und Jake in den Wald gegangen, um ein bisschen ungestört zu sein. Um Picknick zu machen oder Pilze zu suchen. Was tat ich? Ich hielt hinter ihren Wagen an und stellte den Motor ab. Ich stieg aus, schlug die Tür aber nicht zu, sondern ließ sie offen. Dann schlich ich vorsichtig in den Wald und spähte nach allen Seiten. Die Schneise war links von mir, und an ihrem Rand stand eine große Fichte. Ich blieb stehen. Clemmie und Jake waren auf der anderen Seite des Baums, vielleicht fünf Meter entfernt. Ich konnte sie hören. Das Erste, was ich vernahm, war das Zischen einer Bierdose beim Öffnen: *pffft*. Dann Clemmie: «Danke.» Jake sagte etwas, das ich nicht verstand. Dann sagte Clemmie: «Himmelherrgott.» Es raschelte. Dann sagte Clemmie: «Au.» Jake sagte etwas. «An meiner Schulter», sagte Clemmie. «Nein, weiter hinten.» Noch mehr Geraschel. «Hoffentlich keine Zecke», sagte Clemmie.

Ich hatte Clemmie und Jake gefunden. Was sollte ich jetzt tun? Ich wusste es nicht. Ich würde erst wissen, was ich tat, wenn ich es tat. Nichts. Ich tat nichts. Ich ging leise zurück, stieg in meinen Wagen, wendete und fuhr zurück. Ich schlich mich davon, als wäre ich derjenige, der fürchten musste, ertappt zu werden, nicht Clemmie und Jake. Überrascht Sie das? Mich überraschte es. Aber was sonst sollte ich tun? Was sonst?

Ein paar Tage später fuhr ich zu Addison. Clemmie ist immerhin seine Tochter, oder? Ich erzählte ihm von den abendlichen Verabredungen, der Cousine in Massachusetts, dem Picknick.

«Tatsächlich?», sagte Addison.

«Sie hat mit diesem Kerl eine Affäre», sagte ich.

«Bist du da sicher?»

«Sie betrügt mich.»

«Das meinst du nicht im Ernst.»

«Sie vögelt mit Jake Stout.»

«Nein», sagte Addison. «Das kann ich mir nicht vorstellen.»

Paul sagt, Wendy sagt, dass Clemmie sich mit Jake eingelassen hat, weil sie rastlos ist. Sie ist rastlos, weil sie unzufrieden ist. Sie ist unzufrieden mit mir. Ihr Mann hat den falschen Beruf. Ich hätte wohl lieber Arzt oder Rechtsanwalt oder ein erfolgreicher Geschäftsmann werden sollen, vielleicht sogar Schulrat. Was ist bloß mit mir los? Arme Clemmie.

Und ist es nicht komisch, wie so was immer alle anderen in der Familie berührt? Wie beim Billard. «Paul und mir tut es so leid», sagt Wendy. Clemmie tut ihnen leid, weil sie so rastlos ist. Ich tue ihnen leid, weil ich einen so miesen Beruf habe, und jetzt auch noch diese Sache mit Jake. Und dann schlagen sie einen etwas weiteren Bogen und bringen etwas ein, das immer gelegen kommt, wenn man was braucht, um das es einem leidtun kann, und zwar für uns beide: dass wir keine Kinder haben. Tja, so ist es. Man sollte meinen, wenn es Clemmie und mir nichts ausmacht, müsste es Wendy und Paul auch nichts ausmachen, aber nein: Es scheint sie zu bedrücken.

Das sollte es nicht. Sie haben unseren Mangel ausgeglichen, nicht nur, was die Quantität angeht, sondern auch in Hinblick auf die Qualität. Ihr Sohn Paul junior studiert am M.I.T. und ist ein Genie. Es muss sich nur noch rausstellen, ob er zu den Genies gehört, die Sachen erfinden, oder zu denen, die Sachen in die Luft sprengen. Jedenfalls würden die Kinder, die Paul und Wendy haben, leicht für zwei Paare reichen. Die beiden erledigen unseren Anteil gleich mit. Auf keinen Fall wird Paul junior ein kleiner Provinzbulle werden. Auf keinen Fall wird seine Frau so rastlos sein, wie es meine laut Paul und Wendy ist.

Unsere Mutter denkt wahrscheinlich dasselbe. Sie hat keine hohe Meinung vom Beruf des Sheriffs. «Mal sehen, ob ich das richtig verstanden habe», hat sie einmal gesagt. «Du willst den Rest deines Lebens hier verbringen, Strafzettel verteilen, Streitigkeiten schlichten, den Verkehr regeln und philosophische Gespräche mit Ripley Wingate führen. Das willst du? Das ist ein Witz, oder? Sag mir, dass das ein Witz ist.»

DER ELEFANTENFRIEDHOF

Ich beschloss, nach Dead River zu fahren, zu Colas Werkstatt. Seit einer Woche rief der Vorsitzende mich täglich an. Gestern zweimal. Was war mit Terry St. Clair? Was hatte ich unternommen? Was hatte ich herausgefunden? Was würde ich als Nächstes unternehmen? Was für ein Sheriff war ich eigentlich?

So viel zum Vorsitzenden Steve. Terry war seit über einer Woche nicht mehr gesehen worden. Der kleine Idiot war einfach verschwunden. Man konnte es ihm vielleicht nicht verdenken, aber es machte meinen Job nicht leichter.

Dead River bestand aus fünf Häusern, zwei Trailern und einem aufgegebenen Sägewerk, das Ganze an einer Kreuzung am nordwestlichen Rand der Gemeinde Gilead. Es gab kein Postamt, keinen Laden, und zwei der Häuser standen leer. Colas Werkstatt war ein Gebäude aus Hohlblocksteinen etwas außerhalb des Dorfs oder Weilers oder wie man eine so kleine Siedlung nennt. Auf einem Schild stand BROWNS AUTO-WERKSTATT, aber das stimmte nur halb. Cola betrieb zwar eine Werkstatt, aber sein Nachname war nicht Brown, sondern Hitchcock, und er hatte das Ganze vor Jahren einem Mann namens Churchill abgekauft. Weder er noch sonst jemand wusste, wer dieser Brown war oder gewesen sein könnte oder was mit ihm war.

Die Werkstatt bot Platz für zwei Wagen. Daneben gab es ein kleines Büro, wo man warten konnte, bis die Arbeit erledigt war. Dem Aussehen der unmittelbaren Umgebung nach zu urteilen, hatten einige Kunden sehr lange warten müssen. Vor der

Werkstatt war ein freier Platz, aber zu beiden Seiten des Gebäudes und dahinter bis zum Waldrand standen alle möglichen Schrottkarren in allen möglichen Stadien des Verfalls. Cola hatte einen alten Feuerwehrwagen, zwei Schulbusse, einen VW Käfer, einen Bulldozer, drei oder vier Schneefräsen und mindestens sieben Ford Pinto. Keins der Fahrzeuge war fahrbereit, und die meisten würden es auch nie mehr sein. Außerdem rosteten noch allerlei andere Karosserien, Achsen, Räder, Stoßstangen, Kotflügel, Sitze und Türen zwischen Disteln und Traubenkraut vor sich hin. Am Ende des Grundstücks, halb verborgen hinter den ersten Bäumen, lag das Wrack der Piper Cub, die ungefähr 1960 am Diamond Mountain abgestürzt war. Das war natürlich auch bei Cola gelandet. Wo sonst? Das Ganze war halb Werkstatt, halb Schrottplatz und sah aus wie etwas aus grauer Vorzeit. Es sah aus wie ein Elefantenfriedhof.

Terry St. Clair ging Cola zur Hand, jedenfalls bis vor kurzem. Wenn man Terry suchte, fing man am besten bei Cola an.

Als ich vorfuhr, saß Cola in der Sonne und trank Bier. Ich hielt direkt vor ihm an und stellte den Motor ab.

«Wenn das nicht Matt Dillon ist», sagte Cola.

«Wie geht's?», sagte ich. «Viel zu tun?»

«Die Arbeit wächst mir über den Kopf. Willst du auch eins?»

«Heute nicht. Ich suche Terry. Ist er hier?»

«Terry?», sagte Cola. «Terry ist seit ein oder zwei Wochen nicht mehr da gewesen. Nicht seit diesem Missgeschick. Du hast davon gehört.»

«Ich hab gehört, dass er mit der Hand in die Ballenpresse gekommen ist.»

«Ja, das hab ich auch gehört. Muss schwer sein für den Jungen.»

«Er hat doch hier gearbeitet, oder?»

«Wenn man's so nennen will.»

«Seit wann?»

«Seit ein paar Jahren, mit Unterbrechungen.»

«Und wie war er so?»

«Weder großartig noch schrecklich. Meistens war er einigermaßen pünktlich. Mehr will ich eigentlich gar nicht. Und viel mehr als das kriege ich normalerweise auch nicht. Ich hatte nie irgendwelchen Ärger mit Terry.»

«Ich hab gehört, dass er geklaut hat.»

«Nicht bei mir», sagte Cola.

«Wenn er dir was geklaut hätte, müsstest du es ja nicht unbedingt gemerkt haben», sagte ich, aber Cola schüttelte den Kopf.

«Mich hat er nie beklaut», sagte er.

«Vielleicht weil er weiß, was gut für ihn ist.»

«Vielleicht. Was willst du von ihm?»

«Der Vorsitzende interessiert sich für ihn», sagte ich.

Cola blinzelte. «Du meinst Roark?»

Ich nickte.

«Was meinst du mit ‹er interessiert sich für ihn›?»

«Der Vorsitzende kennt Terry», sagte ich. «Hält große Stücke auf ihn. Terry hat anscheinend ein paarmal für ihn gearbeitet. Der Vorsitzende hat ihn in der Nacht, als das mit der Hand passiert ist, gefunden.»

«Und?»

«Der Vorsitzende glaubt nicht, dass es ein Unfall war», sagte ich. «Er denkt, dass ihn sich jemand vorgenommen hat.»

«Und wenn? Was geht das Roark an?»

«Du kennst ihn doch», sagte ich. «Alles geht ihn was an. Er glaubt die Geschichte mit der Ballenpresse nicht. Er tritt mir auf die Zehen, damit ich rausfinde, was wirklich passiert ist. Er will, dass ich ermittle.»

«Was sollst du ermitteln?», fragte Cola.

«Ich soll Terry finden und vernehmen. Er ist aber verschwunden. Ich soll also seine Spur verfolgen. Mit seiner Familie reden, seinen Freunden, seinen Feinden. Ich soll mich tummeln. Was ich hiermit also tue. Ich ermittle.»

«Okay», sagte Cola. Er stand auf, trat an die Fahrertür und beugte sich herein. Ein besonderes Kennzeichen von Cola war, dass seine Augen verschieden waren: Das eine war braun, das andere blaugrau, wie ein zugefrorener Teich. Seine Augen sahen aus wie von zwei verschiedenen Menschen – es war immer wieder verblüffend. Cola war ein guter Mann, aber man nahm sich vor ihm in acht, und das lag zum Teil an den Augen. Welches sollte man ansehen? Welches war das richtige?

Cola musterte mich unverwandt. «Tja, Lucian», sagte er, «wenn der Vorsitzende eine Ermittlung will, sollten wir wohl lieber tun, was er sagt, oder?»

«Wir?», fragte ich ihn.

«Du», sagte er.

Von Cola fuhr ich zum anderen Ende des Countys, nach Cumberland Corners, wo Terrys Eltern lebten. Seine Mutter arbeitete dort im Laden, also würde ich sie wohl nicht antreffen. Das war mir ganz recht. Anna St. Clair war eine Frau, die schon bei ihrer Geburt sauer gewesen war; jetzt, in mittleren Jahren, war sie permanent stinkwütend. Man machte besser einen Bogen um sie. Man versuchte, mit ihrem Mann Stan zu reden, Terrys Vater.

Ich parkte vor dem Haus der St. Clairs. Stan war irgendwo in der Nähe und spaltete mit Keil und Vorschlaghammer Feuerholz für den Winter. Ich konnte ihn nicht sehen, aber ich hörte das Klingen des Hammers auf dem Keil – *kling, kling, kling* – und dann ein *klinnng*, wenn das Scheit gespalten war. Ich ging um das Haus herum.

Stan sah mich. Er stellte den Hammer neben dem Hackklotz ab und wartete.

«Mann, Mann», sagte ich, «immer bei der Arbeit. Legen Sie nie die Beine hoch?»

Aber Stan hatte heute für Freundlichkeiten nicht viel übrig. «Was wollen Sie?», fragte er. «Wenn Sie was von Terry wollen – der ist nicht da.»

«Wissen Sie, wo er ist?», fragte ich. «Ich will ihm bloß ein paar Fragen stellen.»

«Was für Fragen? Was soll er denn jetzt schon wieder getan haben?»

«Nichts. Ich will bloß mit ihm über seinen Unfall reden. Wie das passiert ist.»

«Er hat Ihnen doch gesagt, wie es passiert ist», sagte Stan. «Sehen Sie sich an, was der Junge durchgemacht hat, Lucian. Er hat nichts getan. Er ist ein Opfer. Er will bloß in Ruhe gelassen werden. Er will das hinter sich lassen. Er will, dass die Wunde verheilt und sie ihm einen Greifhaken oder so verpassen, und dann will er einfach weiterleben.»

«Das will jeder», sagte ich. «Wissen Sie, wo er ist?»

«Vielleicht, vielleicht auch nicht», sagte Stan. «Aber wenn Sie denken, ich sage es Ihnen, haben Sie sich getäuscht.»

«Ich hab Sie nicht gefragt, wo er ist. Ich hab Sie gefragt, ob Sie wissen, wo er ist. Ich bin gerade bei Cola gewesen. Der hat ihn seit dieser Sache nicht gesehen.»

«Cola?», sagte Stan. «Das wundert mich nicht. Sie etwa?» Ich gab keine Antwort, und Stan fuhr fort: «Ich sag Ihnen doch:

Ich sage nichts mehr. Zu Ihnen nicht, zu Cola nicht, zu keinem. Okay? Ich weiß nicht, wo Terry ist, und wenn ich's wüsste, würde ich's Ihnen nicht sagen. Fragen Sie Mister Roark.»

«Roark?», sagte ich. «Moment mal. Haben Sie mit Roark gesprochen? Mit dem Vorsitzenden?»

«Er hat angerufen», sagte Stan. «Sich nach Terry erkundigt. Für ihn hat Terry ja auch gearbeitet. Wenn Sie uns auf die Zehen treten, könnte ich ihn mal anrufen. Ich könnte Mister Roark mal erzählen, dass Sie immer herkommen und Terry transalieren. Wenn Anna erfährt, dass Sie hier waren, wird sie ausrasten – noch mehr als sonst, meine ich.»

«Was mache ich mit Terry?»

«Transalieren», sagte Stan. «Sie transalieren ihn. Sie wissen schon. Steve Roark kennt Terry. Er ist auf seiner Seite, auf unserer Seite. Sie können sich darauf verlassen, dass ich ihm sagen werde, dass Sie hier waren und uns … was auch immer.»

«Okay, ich hab schon verstanden», sagte ich. «Wenn Sie Terry sehen, sagen Sie ihm bitte, er soll mich mal anrufen. Weiter nichts. Er soll mich anrufen. Einmal. Richten Sie ihm das aus?»

«Ich weiß nicht», sagte Stan. «War's das? Anna müsste jeden Moment zum Mittagessen kommen.»

«Alles klar», sagte ich. «Ich bin praktisch schon weg. Arbeiten Sie nicht zu viel.» Dann ging ich zu meinem Wagen. Das war ziemlich gut gelaufen. Ob Stan dem Vorsitzenden Steve wohl sagen würde, dass ich da gewesen war? Ich war mir sicher – entweder er oder seine Frau. Wollten sie mir an die Karre fahren, mir beim Vorsitzenden Schwierigkeiten machen, weil ich Terry suchte?

Ich hoffte es zuversichtlich.

Im Büro feuerte ich die letzte Patrone ab, die ich in dieser Terry-Roark-Sache hatte: Ich rief Lieutenant Dwight Farrabaugh an, den Kommandeur der State Police in White River, meinen ehemaligen Vorgesetzten. Dwight ist mein Tor zur Welt der modernen Verbrechensbekämpfung. Als Sheriff kann ich froh sein, dass unsere vier Streifenwagen Reifen haben, aber Dwight hat Zugriff auf das ganze Programm.

«Terry St. Clair?», sagte er. «Klar kenne ich Terry. Wir hatten einigermaßen oft mit ihm zu tun. Hauptsächlich kleine Diebstähle, wenn ich mich recht entsinne. Soll ich eine Fahndung rausgeben? Landesweit?»

«Genau», sagte ich.

«Warum?», fragte Dwight.

Ich erzählte ihm von Terrys Verletzung und sagte, dass ich ihn im Krankenhaus besucht hatte, dass er spurlos verschwunden war und dass die Polizei und andere Behörden nach ihm Ausschau halten sollten. «Kannst du das veranlassen?», fragte ich Dwight.

«Klar kann ich das. Aber noch mal: warum?»

«Hab ich dir doch gesagt: Er wird vermisst. Seit einer Woche hat ihn niemand mehr gesehen. Seit mehr als einer Woche.»

«Na und?», sagte Dwight. «Das ist doch kein Grund. Du weißt ja, wie das läuft, Lucian: Ich brauche einen Aufhänger. Was hat er getan, außer dass er sich den Flügel hat stutzen lassen? Welche Gesetze hat er gebrochen? Will er sich dem Zugriff der Justiz entziehen?»

«Eigentlich nicht.»

«Lucian?»

«Ja?»

«Irgendwas geht hier vor, stimmt's? Irgendjemand macht dir Feuer unterm Hintern.»

«Könnte sein», sagte ich.

Dwight war schon immer ein Mann gewesen, der seinen Beruf verstand und gut darin war. Er hatte überlebt und war sogar aufgestiegen, weil er wusste, dass Polizeiarbeit wie Farmarbeit ist: Man wird nie damit fertig, das ist unmöglich; man ist immer hinterher, nie vorneweg. Also tut man sein Bestes und hofft, dass einen die Arbeit nicht allzu verrückt macht.

«Okay», sagte Dwight. «Du kriegst deine Fahndung. Terry wird sie dir nicht bringen. Ich hoffe, sie bringt dir irgendwas anderes, das du gerade brauchst.»

«Sehr verbunden», sagte ich.

«Komisch, nicht?»

«Was?»

«Solche Burschen», sagte Dwight. «Immer müssen sie Probleme machen. Immer. Zum Beispiel Terry: Kaum bist du das kleine Arschloch endlich los, da rennst du auch schon von Pontius zu Pilatus, um ihn wiederzufinden.»

UMSEHEN

Ich wollte einen weiteren Weltergewichtskampf mit Clemmie vermeiden und wartete eine Woche, bevor ich mit der Liste von Dingen, die sie erledigt haben wollte, wieder zu unserem Haus fuhr. Ich wählte einen Tag, an dem Clemmie und ihre Cousine Amanda zum Einkaufen nach New Hampshire fahren wollten. Jedenfalls hatte Addison das gesagt. Vielleicht war das gelogen. Vielleicht ließen Clemmie und Jake im Super-8 in Brattleboro die Matratzen glühen. Was ging es mich an – solange sie nicht zu Hause war?

Das Haus war verlassen, nur Kater Stu saß auf der Vordertreppe in der Sonne und erwartete mich. Ich nahm meinen Werkzeugkasten und ging zur Veranda.

«Hallo, Stu», sagte ich. «Ich dachte, du wärst verschollen.»

Stu stand auf und rieb Kopf und Flanken an meiner Wade. Er schnurrte wie ein großer, dickwandiger Wasserkessel.

«Freut mich auch, dich zu sehen, Stu», sagte ich. «Dann seid ihr euch da draußen wohl doch nicht begegnet, der Don und du. Glück gehabt, Stu. Deine Mom hat sich Sorgen gemacht. Wir beide haben uns Sorgen gemacht.»

Stu ging voraus zur Küchentür. Wir traten ein. In einem der Küchenfenster war eine Scheibe zerbrochen. Es waren Schiebefenster mit zwei Rahmen, die in jeweils sechs Quadrate unterteilt waren, und die zerbrochene Scheibe war im unteren Rahmen. Weil es die aufwendigste Arbeit auf Clemmies Liste war, nahm ich sie mir als Erstes vor.

Ob Sie es glauben oder nicht: Eine neue Fensterscheibe einzusetzen ist eine Arbeit, die mir immer große Freude macht. Wenn man langsam und sorgfältig arbeitet, ist es praktisch unmöglich, Mist zu bauen. Und wenn man fertig ist, hat man das starke Gefühl, eine zwar nur kleine, aber spürbare Verbesserung vorgenommen zu haben. Neues, sauberes, gut eingepasstes Glas lässt die Welt auf beiden Seiten des Fensters ordentlich und gepflegt aussehen, auch wenn sie's nicht ist.

Stu sprang auf die Küchentheke, setzte sich und sah mir zu. Ich machte den Werkzeugkasten auf und nahm den kleinen Nagelzieher heraus, mit dem ich vorsichtig die beiden Leisten abhob, die die Führung des unteren Schiebefensters bildeten. Ich entfernte sie, nahm den Rahmen, in dem die zerbrochene Scheibe war, heraus und legte ihn mit der Außenseite nach oben auf die Theke.

«Das ist jetzt der Punkt, wo wir einen Fehler machen könnten», sagte ich zu Stu. «Aber das tun wir nicht. Weil wir zu schlau sind.»

Ich nahm auch den oberen Rahmen heraus. Dort war zwar alles in Ordnung, aber wenn man den unteren Rahmen entfernt, gibt es nicht mehr viel, was den oberen hält. So manche kleine Ausbesserungsarbeit hat sich innerhalb von Sekunden in eine mittlere Katastrophe verwandelt, nur weil ein freihängender oberer Fensterrahmen heruntergekracht ist. Ich stellte ihn an einen sicheren Platz auf dem Boden.

Dann machte ich mich daran, die verbliebenen Scherben aus dem Rahmen zu brechen, und zog mit einer Spitzzange die Glaserstifte heraus, die die Scheibe fixierten. Es waren acht Stück; ich legte sie beiseite. Anschließend nahm ich ein Messer mit kurzer Klinge und schabte den harten alten Kitt aus dem Falz, in dem die neue Scheibe liegen würde.

Jetzt konnte ich das Holz bearbeiten. Zuerst schliff ich es mit feinem Schleifpapier ab, dann nahm ich einen weichen Pinsel und trug etwas Leinöl auf den Falz auf.

«Stu, mein Lieber», sagte ich, «wenn du hier kein Leinöl aufträgst, machst du den Job nicht richtig.»

Während das Öl einzog, nahm ich die Scheibe, die ich mir im Laden hatte zuschneiden lassen. Ich versuche gar nicht erst, das Glas selbst zurechtzuschneiden; damit habe ich nie viel Glück gehabt.

«Sollen das die Profis machen», sagte ich zu Stu. «Die werden dafür bezahlt. Du und ich nicht.»

Ich holte den Kitt aus der Werkzeugkiste, schmierte ihn in einer dünnen Schicht auf den Falz und strich ihn mit dem Kittmesser glatt. Dann legte ich die neue Scheibe darauf, drückte sie sanft, aber energisch an und setzte die Glaserstifte ein. Das darf man nicht mit dem Hammer machen, sonst kriegt das neue Glas Sprünge. Nein, man drückt sie mit dem Schraubenzieher ins Holz. Schließlich gab ich noch eine gute Portion Kitt auf die Ränder und strich ihn mit dem Kittmesser glatt. Dann putzte ich das Fenster, hängte die beiden Rahmen wieder ein und nagelte die Führungsleisten fest. Ich kehrte zusammen und packte das Werkzeug weg.

«Tja, Stu», sagte ich, «da wären noch der tropfende Wasserhahn und die Glühbirne, aber das können wir auch ein andermal erledigen. Fürs Erste reicht das. Was meinst du? Reicht's dir auch? Gut, dann machen wir jetzt Feierabend. Wollen wir uns mal ein bisschen umsehen, hm? Nur du und ich?»

Ich öffnete die Tür zur Besenkammer, wo Clemmie den Wischmopp, den Staubsauger und das Leergut aufbewahrt. Wen glaubte ich dort zu finden? Jake? Natürlich nicht. Ich sah in den Kühlschrank: Jede Menge Bierdosen – vermutlich für Jake – und eine Flasche Weißwein für Clemmie. Eier, Milch, eine Packung Frühstücksspeck. Ich spielte mit dem Gedanken, mir ein Bier zu nehmen, ließ es aber bleiben. Ich bin vielleicht ein Schnüffler, ein … wie hat Addison das genannt? Ein Hahnrei. Ja, das alles, vieles mehr und Schlimmeres bin ich. Aber kein Dieb.

Stu und ich verließen die Küche und gingen ins Wohnzimmer. «Keine Sorge, Stu», sagte ich. «Wir spionieren nicht. Das ist unser Haus. Wenn man es im eigenen Haus macht, ist es nicht spionieren.»

Das ist natürlich Quatsch, aber lassen wir das.

Das Wohnzimmer war sauber und aufgeräumt: Der Kamin war ausgefegt, keine leeren Gläser oder dergleichen, keine Zeitungen oder Zeitschriften. Keine Kleider.

«Für einen so großen Mann hinterlässt unser Jake aber verdammt wenig Spuren, was, Stu?», sagte ich. «Lass uns mal oben nachsehen.»

Wir gingen in den ersten Stock. Das Badezimmer war gegenüber der Treppe. Ein noch leicht feuchtes Handtuch hing über der Stange. Ich sah in das Schränkchen. Soso: Rasierschaum und ein Rasierapparat, Klingen. Zahnbürste, Augentropfen, Aspirin. Außerdem ein Pillenfläschchen, verschreibungspflichtig, für Jacob Strout. Nach Anweisung einzunehmen. Gegen Hypertonie. Bluthochdruck.

«Überrascht mich nicht, Stu», sagte ich. «Sie setzt ihm zu.»

Ich öffnete die Tür zum Gästezimmer, sah aber schon an der Schwelle, dass sich hier nichts verändert hatte. Im Schrank hingen nur meine beiden alten Deputy-Uniformen.

Zeit für die Hauptattraktion. «Na, dann wollen wir mal», sagte ich. Stu ging voraus ins Schlafzimmer. Clemmies und mein Schlafzimmer.

Alles war tipptopp. Die Kleider hingen auf Bügeln, die zahllosen kleinen Flaschen, Tiegel und Tuben auf Clemmies Frisiertisch standen in Reih und Glied, und das Bett war ordentlich gemacht. Stu sprang hinauf und legte sich auf seinen gewohnten Platz. Gewöhnlich schlief er auf Kniehöhe zwischen Clemmie und mir.

«Da liegst du jetzt eher selten, was?», sagte ich. «Ich auch.»

Ich sah rasch aus dem Fenster. Gut möglich, dass Clemmie erst in ein paar Stunden kam, aber sicher war es, wie gesagt, nicht. Ich trat vom Fenster zurück, ging in die Knie und spähte unter das Bett. Clemmies Hausschuhe und ein Knopf. Ich rührte beides nicht an, sondern stand auf und ging zum Schrank. Clemmies Kleider, Clemmies Schuhe, meine Winteruniformen und, hoch oben auf einem Bord, ein großer Stetson, ein richtiger Cowboyhut, cremeweiß und offenbar brandneu. Ich nahm ihn und drehte ihn um. In das breite Schweißband waren die Buchstaben JS geprägt. Ein persönlicher Touch. Wohl kaum von Walmart. Nicht mal Jake würde sich einen solchen Hut kaufen, ganz sicher nicht mit einem schicken Monogramm. Den musste Clemmie ihm geschenkt haben.

«Du weißt ja, was man von Cowboyhüten und Hämorrhoiden sagt, oder?», sagte ich. Stu sah mich erwartungsvoll an. «Früher oder später kriegen alle Arschlöcher so was», sagte ich.

Die Kommode. Die unterste Schublade war meine. Ich fand darin ein paar meiner Pullover, Flanellhemden und Wollsocken. Unter den Socken lag Wingates alter .45er Armeerevolver aus dem Zweiten Weltkrieg. Er hatte ihn mir geschenkt, als er in den Ruhestand gegangen war.

«Ich hätte gedacht, du willst ihn behalten», hatte ich damals gesagt.

«Wozu?», hatte Wingate gefragt. «Jetzt hab ich dafür keine Verwendung mehr.»

«Na, dann vielleicht als Andenken.»

«Andenken? An den Krieg? Da ist nichts passiert, an das ich mich erinnern möchte.»

Die beiden oberen Schubladen waren Clemmies. In der mittleren war Clemmies geflochtene Schmuckschatulle. Ich machte sie auf. Clemmie liebt Ohrringe, sie kann nie genug davon haben. Wer weiß, wie viele es sind? Ich nicht, aber ich sah auch kein einziges Paar, das mir neu vorkam.

«Stell dir vor, Stu», sagte ich. «Jake kriegt Clemmie. Ein Dach über dem Kopf, umsonst. Er kriegt sogar einen schicken neuen Hut. Und Clemmie kriegt nicht mal neue Ohrringe. Ach, es ist doch eine Männerwelt, findest du nicht?» Ich machte die Schatulle wieder zu. Im Rest der Schublade war ein Kilometer Unterwäsche. Ich durchwühlte sie. Was machte ich da eigentlich? War ich bloß ein lüsternes Jüngelchen? Ein Spanner?

«Wir sollten uns schämen, Stu», sagte ich.

Wir gingen wieder hinunter und in die Küche. Ich nahm meinen Werkzeugkasten und machte mich bereit zum Aufbruch. Stu saß an der Küchentür und beobachtete mich.

«Tja, Stu», sagte ich, «wie es aussieht, ist Jake hier eingezogen. Wir haben Beweise gesucht und gefunden. Das Dumme ist nur, dass wir nicht viel damit anfangen können, denn deine Mom darf nicht wissen, dass wir sie haben, weil wir sie heimlich gesammelt haben. Uns sind die Hände gebunden.»

Stu und ich gingen hinaus auf die Veranda. «Sei nett zu ihr, Stu», sagte ich. «Aber wenn sie heimkommt, sag ihr nicht, dass ich da war, ja? Du hast mich nicht gesehen. Und noch was, Stu: Halt dich vom Wald fern, okay? Da draußen ist dieser große Köter. Dass du ihm nicht begegnet bist, heißt nicht, dass es ihn nicht gibt.»

Ich ging zu meinem Pick-up. Stu saß wieder da, wo er gesessen hatte, als ich gekommen war. Ich fuhr die Zufahrt hinunter und bog in die Straße ein, und das war auch gut so, denn kaum war ich ein, zwei Kilometer gefahren, da begegnete mir Clemmie, unterwegs nach Hause. Ich winkte. Sie winkte zurück.

CALAMITY JANE

In jenem Sommer arbeitete ich gerade einen neuen Deputy ein, den ersten weiblichen Deputy, den es in diesem Sheriffbüro je gegeben hatte. Addison nannte sie Calamity Jane.

Deputy Olivia Gilfeather war beeindruckend: rothaarig und hochgewachsen, eins sechsundachtzig groß, mehr als drei Zentimeter größer als ich. Sie war siebenunddreißig und hatte zehn Jahre im Marine Corps hinter sich, mit drei Auslandseinsätzen in irgendwelchen gottverlassenen Gegenden, aus denen wir uns in letzter Zeit anscheinend nicht raushalten können. Bei den Marines war sie Lance Corporal gewesen. Wenn man sie fragte, worin ihre militärischen Aufgaben bestanden hätten, sagte sie: «Sicherheit.» Und das war dann auch schon alles, was sie dazu zu sagen hatte. Lance Corporal Olivia Gilfeather war nicht nur in Hinblick auf ihre Größe beeindruckend.

«Olivia?», sagte ich, als sie sich um den Job als Deputy bewarb. «Und wie nennen die Leute Sie? Livy?»

«Sie nennen mich Lance Corporal», sagte sie.

«Sind Sie verheiratet?»

«Geschieden.»

«Kinder?»

«Nein.»

«Stammen Sie aus dieser Gegend?»

«Nein.»

«Von wo denn?»

«Ein Stück weiter weg.»

«Burlington? Saint Johnsbury? Montpelier?»

«Nein.»

Sie verstehen schon: nicht gerade irrsinnig verbindlich, kein Charmefeuerwerk. Wenn ich sage, dass ich sie einarbeitete, entspricht das vielleicht nicht ganz der Wahrheit – möglicherweise war es genau umgekehrt.

War ich froh, einen weiblichen Deputy zu haben? Ich gestehe, ich war nicht froh. Ich war so was nicht gewöhnt. Aber leider hatte ich keine andere Wahl. Seit fast einem Jahr fehlte uns ein Deputy. Die Rekrutierung erwies sich als schwierig. Bewerber waren rar. Es war mir ein Rätsel. Man sollte meinen, Tausende intelligente, taugliche, entschlossene junge Männer wüssten nichts Schöneres, als bei Wind und Wetter in klapprigen alten Crown Victorias über die Berge und durch die Wälder zu fahren, verzweifelte, berauschte, verrückte, wütende Menschen in allen möglichen extremen Krisensituationen kennenzulernen, den größten Teil ihrer Ausrüstung selbst zu bezahlen, regelmäßig Zehn- bis Zwölf-Stunden-Schichten zu schieben und dafür ein Gehalt zu kassieren, das in Sichtweite des Mindestlohns lag. Man sollte meinen, sie würden sich darum reißen, oder? Aber was soll ich sagen? Sie tun's nicht.

Daher also Deputy Olivia Lance Corporal Gilfeather von den Marines, Addisons Calamity Jane. Sie war vielleicht nicht das, was ich mir gewünscht hatte, aber sie war da. Was ihre Intelligenz und Erfahrung betraf, war sie eindeutig überqualifiziert. (Auf jeden Fall war sie besser qualifiziert als beispielsweise ich.) Ich stellte sie sofort ein.

«Können Sie morgen anfangen?», fragte ich sie.

«Roger», sagte Lance Corporal Gilfeather.

Bald war deutlich, dass Deputy Gilfeather aus einem anderen Holz geschnitzt war als Jake Stout. Als neue Mitarbeiterin des Sheriffs wurde sie zunächst zur Regelung des Verkehrs eingesetzt. Doch während Jake fuchtelnd und in die Trillerpfeife blasend herumstolziert war wie ein balzender Truthahn und in kürzester Zeit ein Chaos angerichtet hatte, dirigierte Deputy Gilfeather den Verkehr wie ein guter Hütehund eine Schafherde. Sie tat es mit Blicken. Sie stand da und fixierte die Fahrer mit einem ganz besonderen, stechenden, sengenden Blick, der keinen Widerspruch duldete. Es war ein Genuss, ihr zuzusehen.

«Wie es aussieht, haben Sie das schon öfter gemacht», sagte ich.

«Nein», sagte Deputy Gilfeather.

In den ersten Wochen fuhr ich, wenn wir Zeit hatten, mit Deputy Gilfeather im Tal herum und zeigte ihr, wo was los war. Ein Viertel bis ein Drittel unseres Tals ist praktisch unbesiedelt: Wälder, Sümpfe, Bergwiesen. Im Rest gibt es ein paar allseits bekannte Orte, wo es für die Hüter des Gesetzes immer wieder etwas zu tun gibt. Es ist hilfreich, sie zu kennen; das erspart einem eine Menge Arbeit. Ich meine, wenn man Ratten jagt, sieht man nicht als Erstes in der Kirche nach – obwohl man wahrscheinlich auch dort ein paar finden würde. Nein, wenn man es auf Ratten abgesehen hat, fängt man am besten auf der Müllkippe an.

Also setzten Deputy Gilfeather und ich uns in den Streifenwagen und fuhren zu Sackgassen und abgelegenen Campingplätzen tief im Wald, wo die Highschool-Schüler in den paar kurzen Stunden, in denen sie nicht Latein und Geometrie büffeln mussten, Bier tranken und kifften. Wir besichtigten Lichtungen im dunklen Tann, wo die kundige Landjugend für sich selbst und Freunde Gras anbaute.

Wir fuhren auch zum North Country Inn an der Route 10,

kurz vor der Countygrenze. Als wir vorfuhren, stand Fred Teachout vor dem Eingang. Das Lokal hatte schon mal besser ausgesehen. Jemand hatte die Tür aus dem Rahmen gerissen. Sie lag auf dem Boden. Fred war Schreiner und offenbar hier, um sie zu reparieren. Er kratzte sich am Kopf. Der Parkplatz war mit Glassplittern übersät, in einer Ecke lag ein alter Ram Pick-up auf dem Dach.

«Scheint heiß hergegangen zu sein gestern Nacht», sagte Fred.

«Hab ich auch gehört», sagte ich. Deputy Gilfeather und ich gingen hinein und stießen auf Carl, den Besitzer, der mit einem nassen Mopp den Boden wischte. Er schwitzte.

«Wenn das Blut erst mal getrocknet ist, kriegt man's kaum noch weg», sagte ich.

«Haha», sagte Carl.

«Das ist Deputy Gilfeather», sagte ich zu Carl. «Sie ist neu bei uns. Ich hab sie mitgebracht, damit ihr euch kennenlernt. Ich dachte, tagsüber ist es ein bisschen ruhiger.»

Carl nickte ihr zu. Sie sah ihn an, ohne zu nicken oder etwas zu sagen.

«Carl veranstaltet mehr Kämpfe als die Jungs im Madison Square Garden, stimmt's, Carl?», sagte ich.

«Haha, Sheriff», sagte Carl. Er wandte sich an Deputy Gilfeather. «Ich veranstalte gar nichts», sagte er. «Ich führe einen ordentlichen Laden.»

«Mit ein bisschen Hilfe von uns, der State Police und der Nationalgarde», warf ich ein.

«Freut mich, Sie kennenzulernen, Deputy», sagte Carl. «Schade, dass Sie gleich weitermüssen. Kommen Sie doch mal wieder vorbei. Sie müssen Ihren Boss nicht mitbringen. Schauen Sie mal rein, jederzeit.»

«Das wird sie», sagte ich. «Wir beide. Versprochen.»

Carl schwang den Mopp und schob den auf kleinen Rädern montierten Eimer etwas zu nah an unseren Schuhen vorbei. Zeit zu gehen.

«Carl ist kein schlechter Kerl», sagte ich, als wir weiterfuhren. «Er hat bloß eine Menge Stress. Wenn man jahrein, jahraus immerzu diesen fliegenden Bierkrügen und Schnapsgläsern ausweichen muss – das kann einen schon fertigmachen.»

«Armer Carl», sagte Deputy Gilfeather.

An einem anderen Tag fuhr ich mit ihr zum Sugar Maple Cabins: sieben altmodische Touristenhütten und ein Büro auf einem Grundstück an der Landstraße. Früher war das eine gute Lage gewesen, aber dann war ein Stück weiter östlich die Schnellstraße gebaut worden, und seither lag das Sugar Maple im Abseits und machte kein Geschäft mehr. Nein, das stimmte nicht ganz: Es gab noch Gäste, aber nicht allzu viele, und zum Teil waren es alleinstehende Damen, die einen Stundentarif bezahlten. Als wir vorfuhren, standen vor zwei oder drei Hütten Wagen, doch es war keine Menschenseele zu sehen.

Wir gingen zum Büro. Die Tür stand offen, aber drinnen war niemand, und auch als wir läuteten, ließ sich keine Menschenseele blicken. Wir gingen wieder zum Streifenwagen.

«Ruhig hier», sagte Deputy Gilfeather.

«Es ist jemand da», sagte ich, «aber die arbeiten alle.»

«Nicht alle», sagte sie. «Sehen Sie?»

Ich ging um den Wagen herum zu ihr. Von dort aus konnte ich drei Männer von der Rückseite der Hütten querfeldein in Richtung Wald davonrennen sehen. Zwei von ihnen trugen Hosen, der dritte hatte seine offenbar zurückgelassen.

«Der Streifenwagen hat ihnen Angst gemacht», sagte ich. «Aber Sie sehen, was hier los ist, oder?»

«Roger, Sir.»

«Merken Sie sich den Laden», sagte ich, «aber machen Sie sich keine großen Gedanken darüber. Im Sugar Maple gibt's nicht viel Ärger. Ab und zu übertreibt es ein alter Stammkunde und kriegt einen Herzinfarkt, aber das ist dann eher was für den Rettungswagen.»

«Roger.»

Das Beste sparte ich mir für den Schluss auf: die Robber's Roost Ranch, einen großen alten Kasten an der Straße, die von der anderen Seite, von Gilead, den Diamond Mountain hinaufführt. Das Haus war vor langer Zeit als Unterkunft für die Männer gebaut worden, die für die Sägewerksbahn arbeiteten. Später war es eine Schule gewesen und dann ein Privathaus. Bei den jetzigen Bewohnern handelte es sich um eine fluktuierende Anzahl von Berufsverbrechern, Flüchtigen, Herumtreibern, Dealern und sonstigem Gesindel.

Robber's Roost war nicht nur ein Wohnheim für Kriminelle, sondern auch ein Umschlagplatz für alle möglichen illegalen Sachen: Drogen, Pillen, unversteuerten Alkohol, unverzollten Zigaretten, Autoteile und manchmal ganze Autos, Feuerwaffen aller Art, Fernseher und Elektronikgeräte, die irgendwo vom Lastwagen gefallen waren – all das konnte man im Roost bekommen.

Niemand wusste genau, wem das Roost gehörte. Vielleicht einem der großen, ölverschmierten, langbärtigen Kerle, die vor dem Haus einen Pick-up reparierten. Die Bewohner des Roost waren etwas ganz anderes als Carl oder die Kunden des Sugar Maple. Sie spielten in einer anderen Liga und hatten den Amateurstatus längst aufgegeben. Deputy Gilfeather begriff das anscheinend sofort. Als wir auf die drei zugingen, blieb sie ein wenig zurück und hielt sich rechts von mir. Mir entging das nicht.

Die drei vor dem Roost unterbrachen ihre Arbeit an dem Pick-up und sahen uns entgegen.

«Hallo, Boomer», sagte ich. «Hallo, Rick. Hallo, Travis.»

Sie nickten nicht mal. Der Älteste, Sidney Perkins, genannt Boomer, sagte: «Wollen Sie was von uns?»

«Ich wollte euch unseren neuen Deputy vorstellen. Boomer Perkins, Rick McCoy, Travis Hutchins – das ist Deputy Gilfeather. Ich wollte euch miteinander bekannt machen.»

«Okay, das haben Sie jetzt», sagte Boomer. «Sonst noch was? Wir haben zu tun.»

Ich legte die Hand auf den Kotflügel des Pick-ups. «Sieht gut aus, der Wagen», sagte ich. «Habt ihr auch Nummernschilder dafür?»

«Drinnen», sagte Boomer. «Wollen Sie sie sehen?»

«Nicht nötig», sagte ich. Ich wandte mich an Deputy Gilfeather. «Wenn's um Wagen geht, ist Boomer ein Genie. Er kriegt jeden Motor zum Laufen, stimmt's, Boomer?»

Boomer sagte nichts.

«Ja, das muss man gesehen haben», sagte ich. «Boomer ist ein echter Künstler. Und schnell. Bei den allermeisten Wagen braucht er bloß drei, vier Sekunden, ob Sie's glauben oder nicht. Stimmt's, Boomer?»

«Wie gesagt: Wir haben zu tun», sagte Boomer.

«Ja, das sehe ich», sagte ich. «Dann macht mal weiter. Sollen wir gehen?», fragte ich Deputy Gilfeather. Sie stand ein Stück rechts von mir und ließ Boomer und die anderen nicht aus den Augen. Wir gingen zum Streifenwagen. Als wir davonfuhren, sahen Boomer und seine Freunde uns nach.

«Ich hab gesehen, dass Sie mir Deckung gegeben haben», sagte ich zu ihr.

«Roger», sagte Deputy Gilfeather. «Abschaum.»

«Es hilft, wenn sie wissen, dass wir wissen, wer sie sind, wie sie heißen, wo sie wohnen. Es macht sie nachdenklich.»

«Roger.»

«Sie werden hier nicht so oft zu tun haben wie bei Carl», sagte ich, «aber wenn Sie hier zu tun haben, ist es gefährlicher als bei ihm. Gehen Sie nie allein ins Roost. Nehmen Sie Verstärkung mit, mindestens zwei Mann. Man weiß nie, was einen da drinnen erwartet.»

«Doch. Abschaum.»

«Da könnten Sie recht haben», sagte ich. «Wenn ich mit einem Maschinengewehr, einem Eimer DDT und einem Kanister Benzin da reingehen würde, in dieses eine Haus, würde ich die Verbrechensrate für dieses County – ach was, für dieses Ende des Bundesstaats – um fünfundsiebzig Prozent senken.»

«Warum tun Sie's dann nicht?», fragte sie mich.

«Wie bitte?»

«Tun Sie's doch», sagte sie. «Stellen Sie ein Team zusammen und trainieren Sie ein bisschen. Und dann gehen Sie rein, tun, was nötig ist, und gehen wieder raus. Ganz einfach.»

So viel hatte sie noch nie an einem Stück gesagt, seit sie bei uns angefangen hatte.

«Ja, stimmt, ganz einfach», sagte ich. «Aber eigentlich nicht das, was das Gesetz vorschreibt.»

Sie zuckte die Schultern.

«Oder?», fragte ich.

«Vielleicht nicht das, was im Gesetzbuch steht», sagte sie.

«Gibt's denn noch andere Gesetze?», fragte ich.

Wieder zuckte sie die Schultern. «Kommt drauf an.»

«Auf was?»

«Auf das, was nötig ist. Was getan werden muss. Auf die Situation.»

«Vorsicht, Deputy. Bleiben Sie in der Spur. Wir suchen uns die Gesetze nicht aus», sagte ich. Aber ich wurde nachdenklich. Kommt darauf an, was nötig ist, hatte sie gesagt. Auf die Situation. Möglicherweise konnte Deputy Gilfeather bei uns hier oben was werden. Möglicherweise.

Bei unseren Touren durch das Tal hielt ich auch an den verschiedenen Rathäusern und stellte Deputy Gilfeather den Gemeindeschreibern vor. Mit den Gemeindeschreibern oder vielmehr: den Gemeindeschreiberinnen sollte der Sheriff auf gutem Fuß stehen. In unserem Tal gibt es dreizehn davon, und sie sind allesamt Frauen mittleren Alters. Warum es auf diesem Posten so viele Frauen gibt, weiß ich nicht so genau. Es scheint Teil von Gottes Plan zu sein. Für Deputy Gilfeather und mich war es jedenfalls eine angenehme Abwechslung. Jede einzelne dieser Stadtschreiberinnen war entzückt, dass der Sheriff jetzt einen weiblichen Deputy hatte. War ihr Sheriff ein fortschrittlicherer, intelligenterer Mann, als sie gedacht hatten? Oder war er derselbe Höhlenmensch wie immer, nur dass er sie aus irgendeinem Grund für sich einnehmen wollte? Die Gemeindeschreiberinnen hatten unterschiedliche Einschätzungen, schienen aber allesamt hochzufrieden mit Deputy Gilfeather und damit (wenigstens vorläufig) auch mit mir. Unsere Besuche in den Rathäusern liefen sehr gut.

Jedenfalls bis wir in meine Heimatgemeinde Cardiff kamen. Dort verließen wir eine übers ganze Gesicht strahlende Mattie Thurston, nur um im nächsten Augenblick auf der Treppe zum Eingang Stephen Roark, dem Vorsitzenden persönlich, über den Weg zu laufen.

Er verlor keine Zeit und beachtete Deputy Gilfeather gar nicht. «Ich habe Sie gesucht, Sheriff», sagte er. «Wie kommen Sie in den Ermittlungen in Sachen Terry St. Clair voran?»

«Ausgezeichnet», sagte ich. «Wir haben alle möglichen verheißungsvollen Spuren.»

«Was für Spuren?»

«Sie wissen doch, dass ich nicht darüber sprechen darf, Mister Roark», sagte ich. «Die Ermittlungen sind noch nicht abgeschlossen. Das ist alles, was ich dazu sagen kann.»

«Völliger Quatsch», sagte der Vorsitzende. «Terry ist seit über einer Woche nicht mehr gesehen worden. Ist Ihnen das eigentlich klar, Sheriff?»

«Das ist mir klar.»

«Wissen Sie, wo er ist?»

Ich gab keine Antwort. Stattdessen wandte ich mich zu meinem Deputy. «Das ist unsere neue Mitarbeiterin, Deputy Gilfeather», erklärte ich dem Vorsitzenden. «Deputy, das ist Mister Roark, der Vorsitzende unseres Gemeinderats.»

Der Vorsitzende sagte nicht mal hallo. Er musterte Deputy Gilfeather kurz und schüttelte den Kopf. Dann sagte er zu mir: «Kann ich Sie kurz unter vier Augen sprechen, Sheriff?»

Deputy Gilfeather ging zum Streifenwagen. Der Vorsitzende nahm mich am Ellbogen und drehte mich so, dass ich mit dem Rücken zur Straße stand. Er beugte sich zu mir.

«Wo haben Sie die Amazone her?», fragte er.

«Sie hat sich beworben.»

«Und Sie haben sie eingestellt?»

«Genau.»

«Schlechte Idee, Sheriff. Die ist dem Job nicht gewachsen. Sind sie alle nicht.»

Ich sagte nichts.

«Ich habe Hunderte Leute eingestellt, Sheriff, und mich nie geirrt. In hierarchischen Organisationen mit klarer Befehlskette finden sich Frauen nicht zurecht. Sie können sich nicht unterordnen. Es sieht vielleicht so aus, aber sie können's nicht. Sie sind keine Teamspieler. Sie können das nicht. Es ist was Biologisches.»

«Ist das so?»

«Ja, das ist so», sagte der Vorsitzende. «Sie werden es rausfinden. Sie haben einen Fehler gemacht.»

«Könnte sein», sagte ich. «Ich hab schon mal einen gemacht – aber das ist jetzt natürlich schon Jahre her.»

«Ich will, dass Sie Terry St. Clair finden, Sheriff», sagte der Vorsitzende. «Außerdem will ich einen schriftlichen Bericht über den Überfall auf ihn. Und zwar noch diese Woche.»

«Ich werd's versuchen.»

«Sie sollen es nicht versuchen, Sheriff, Sie sollen es tun.» Und damit ließ er mich stehen und verschwand im Rathaus.

Deputy Gilfeather schwieg, als ich einstieg.

«Das war der Vorsitzende», sagte ich. «Er war beim Militär, wie Sie.»

«Nicht wie ich», sagte sie.

«Nein, wohl eher nicht. Hoffentlich nicht. Ich sollte Ihnen wohl sagen, dass der Vorsitzende, was Sie betrifft, seine Zweifel hat. Er denkt, dass Sie dem Job nicht gewachsen sind.»

«Werden wir ja sehen.»

«Aber keine Angst», fuhr ich fort. «Der Vorsitzende weiß, dass Sie nichts dafür können. Es ist was Biologisches.»

«Werden wir ja sehen.»

«Lassen Sie den Vorsitzenden meine Sorge sein», sagte ich. «Er ist mein Problem, nicht Ihrs.»

«Wenn er Ihr Problem ist, Sheriff, dann ist er auch mein Problem. Ich bin Ihr Deputy.»

«Ich weiß das zu schätzen, Deputy», sagte ich.

«Roger», sagte Deputy Gilfeather.

EIN KERN AUS EISEN

Paul machte sich Sorgen um unsere Mutter, und weil er sich Sorgen um sie machte, mussten alle anderen das ebenfalls tun. «Mach die Augen auf, kleiner Bruder», sagte er. «Sie kann nicht ewig so weitermachen. Allein leben. Das kann sie nicht. Du siehst doch, dass sie das nicht kann.»

«Ich sehe nur, dass sie nicht anders leben kann», sagte ich. «Das kann sie nicht. Das wird sie nicht. Was bei ihr dasselbe ist.»

«Dann müssen wir sie eben dazu bringen», sagte Paul. «Wir müssen ihr einfach sagen, wie es zu laufen hat.»

«Hast du mal darüber nachgedacht, *wem* du sagen willst, wie es zu laufen hat?»

«Ich weiß», sagte Paul. «Ich weiß, aber wir müssen es trotzdem tun.»

«Wer?»

«Wir alle. Wir haben mit ihr darüber gesprochen. Ich habe ihr angeboten, dass sie zu Wendy und mir ziehen kann. Mehr als einmal. Paul junior ist jetzt in Cambridge, sein Zimmer ist frei. Aber so, wie sie und Wendy miteinander sind, kommt das für sie natürlich nicht in Frage. Na gut. Darum dachte ich also, sie könnte zu dir und Clemmie ziehen, wenn es mal so weit ist. Sie hat dich ja immer schon lieber gemocht.»

«Hat sie das?»

«Klar hat sie das», sagte Paul. «Früher schon und jetzt noch immer, und das weißt du auch.»

«Nein, das weiß ich nicht. Aber es würde mich nicht überraschen. Ich bin ein äußerst liebenswerter Mensch.»

«Die Sache hat nur einen Haken», sagte Paul. «Mom wäre vielleicht zu dir und Clemmie gezogen, aber dann musstet ihr beiden euch ja unbedingt trennen. Vielen, vielen Dank, kleiner Bruder.»

«Na und?», sagte ich. «Dann haben wir uns eben getrennt. Kein Problem. Sag ihr, sie kann zu mir ziehen. Das Büro wird ihr gefallen. Sie kann das Sofa haben. Ich werde auf dem Boden schlafen. Das macht mir nichts aus, wirklich nicht.»

«Ich meine es ernst, Lucian.»

«Ich weiß.»

«Pass auf», sagte Paul, «ich hab mir was überlegt. Ich will mit ihr zum Steep Mountain fahren.»

«Zum Steep Mountain?»

«Ja, du weißt schon: zu dem Seniorenheim da oben. Dem Pflegeheim.»

«Ich weiß, was das ist», sagte ich. «Ich weiß auch, dass sie nie im Leben dahin gehen wird. Und du weißt das auch.»

«Nein», sagte Paul. «Nur für einen Besuch. Es ist schön da. Sie wird sehen, dass es schön ist, dass es nicht irgendeine Art von Sterbehaus ist.»

«Ist es nicht?»

«Sie wird es sich ansehen, Lucian, wenn du mitkommst. Du musst mitkommen. Ich will nur, dass sie es sich mal ansieht. Sie braucht gar nichts zu entscheiden.»

«Natürlich braucht sie nichts zu entscheiden. Du hast ja schon entschieden.»

«Für sie?», sagte Paul. «Ich hab für Mom entschieden? Du weißt, dass das nicht geht.»

Ich wusste es. Unsere Mutter Lorraine Hancock Wing sagte, sie sei siebenundfünfzig, war in Wirklichkeit aber etliche Jahre älter. Sie war der Ansicht, dass ihre Geburtstage nicht zählten.

So war sie eben. Wenn sie nicht über sechzig sein wollte, dann war sie es eben nicht. Sie wusste, was sie wollte, und wenn sie es nicht bekam, wenn die Dinge sich nicht ihrem Willen fügten, dann ignorierte sie das, bis sie es taten – oder irgendwas kaputtging. Ein Mensch mit einem Kern aus Eisen. Ein starker Mensch.

Das musste sie wohl sein. Ihr ganzes Leben lang musste sie allein zurechtkommen. Sie wurde vom Mädchen fast übergangslos zur Witwe. So geht es im Krieg. Unser Vater Lieutenant Bradley Wing war Flieger bei der Navy, und zwar auf dem Flugzeugträger U.S.S. Ranger im Golf von Tonkin. Er war Navigator und Bombenschütze einer A6 Intruder, dem zweisitzigen Erdkampfflugzeug des Vietnamkriegs. Im November 1969 starteten Lt. Wing und sein Pilot von der Ranger zu einem Angriff auf den Ho-Chi-Minh-Pfad in Laos. Sie wurden vom Boden unter Beschuss genommen. Der Pilot betätigte den Schleudersitz und wurde schnell geborgen. Von Lt. Wing dagegen keine Spur: kein Fallschirm, keine Sichtung, kein Signal – nichts. Er war einfach verschwunden.

Bei der Navy wird Lt. Bradley Wing als verschollen geführt. Die Steinmetze in der Heimat wissen es besser. Man findet seinen Namen unter denen von etwa fünfzig anderen auf dem Granitblock, der in der Mitte des Stadtparks von Cardiff steht, zum Gedenken an die Gefallenen der amerikanischen Kriege. Er war zweiundzwanzig. Adieu, Brad.

Unsere Mutter war neunzehn. Damals gab es einige junge Frauen im Tal, die in derselben Situation waren. Wenn so was passiert, wird man erwachsen, und zwar ziemlich schnell. Bei Mom jedenfalls war es so.

Alles, was Paul und ich von unserem Vater hatten, waren zehn oder zwölf Fotos und ein paar Geschichten von Leuten, die ihn gekannt hatten. Wir beide kamen darin natürlich nicht vor. Paul war zwei oder drei gewesen, als unser Vater starb, aber wenigstens hatte er ihn noch gesehen. Mom hatte einen Schnappschuss von den beiden: unser Vater in Uniform, der den in eine Decke gewickelten Paul auf dem Arm hielt. Das machte mich fertig. Beim Tod unseres Vaters war ich noch in Moms Bauch gewesen. Er hatte mich nie gesehen. Ich hatte ihn nie gesehen. Alle sagten immer, ich sähe ihm ähnlich, nur sah ich das nie. Auf den Fotos hatte er mehr Ähnlichkeit mit Paul, fand ich, und auch die war eigentlich nicht besonders groß.

Mit eindreiviertel Kindern musste meine Mutter selbst etwas auf die Beine stellen. Das gelang ihr, wenn auch nicht immer reibungslos. Sie unterrichtete ein paar Jahre in der Grundschule, aber das ging nicht gut. Ihr fehlte die nötige Geduld. «Sie haben nicht aufgepasst», sagte sie später über die Erst- und Zweitklässler. «Sie haben nicht aufgepasst, sie haben nicht stillgesessen, sie haben nicht den Mund gehalten.» Also arbeitete sie im Laden und dann in der Bar in Cardiff. Sie fing als Kellnerin an, aber das währte nicht lange. Bald führte sie die Kneipe für die Besitzer, Mr. und Mrs. DeJonge. Aber auch das währte nicht lange, und wieder spielte Geduld – oder vielmehr der Mangel daran – eine Rolle, denn über die Gäste und die DeJonges hatte Mom Ähnliches zu sagen wie zuvor über die Schulkinder. Da sie die Besitzer waren und Mom bezahlten, dachten die DeJonges, sie hätten in der Frage, wie die Bar geführt werden sollte, ein gewisses Mitspracherecht. Mom sah das anders. Sie war die Geschäftsführerin, oder? Dann sollte man sie doch das Geschäft führen lassen. In den nächsten Jahren arbeitete sie im Postamt.

Hatte sie Verehrer? Paul und ich hatten nie einen zu sehen gekriegt. Eine arme Witwe ohne besondere Fertigkeiten und mit zwei kleinen Kindern zieht Männer nicht gerade magnetisch an. Und dann, das sehe ich jetzt, hatte wohl auch nicht jeder das Zeug dazu, der Mann an ihrer Seite zu sein. Ich meine: Wer würde sagen, wo es langging?

Sie wohnte noch immer in dem kleinen Haus nicht weit von der Kirche, in dem sie und ihr Mann damals gerade angefangen hatten, ihren Hausstand zu gründen. Vorn hatte sie Spaliere mit Zaunwinden und hinten ihren Garten. Sie zog ihr eigenes Gemüse. Sie hatte eine lange Reihe von Hunden und eine noch längere von Katzen. Sie bekam oft Besuch von Paul und Wendy, obwohl sie Wendy nicht ausstehen konnte. Mich sah sie nicht so oft, aber Clemmie half ihr manchmal bei irgendwas. Unsere Mutter mochte Clemmie, auch wenn sie spottete, sie sei die hirnlose Tochter eines reichen Müßiggängers – das war die Rolle, die sie Addison zugeteilt hatte. Mochte sie mich wirklich am liebsten, wie Paul behauptet hatte? Ich bezweifelte es. Wieso hätte sie das tun sollen?

Die Dinge liefen eigentlich ziemlich gut, wie sie es eben tun, wenn man sie lässt – bis Mom die Treppe hinunterfiel.

Zum Glück fuhr Clemmie an jenem Morgen zu ihr, um ihr beim Einmachen zu helfen, und fand sie bewusstlos auf dem Boden vor der untersten Stufe. Sie rief mich an, ich rief den Rettungswagen, und dann fuhren wir ins Krankenhaus. Unterwegs kam Mom zu sich, behauptete, es gehe ihr prima, und wollte nach Hause gebracht werden. Es gelang uns, sie zu überreden, den Rest des Tages zur Beobachtung im Krankenhaus zu bleiben. Man wollte sie über Nacht dabehalten, aber das kam für Mom nicht in Frage. Sie hatte sich einen ganzen Tag lang gefügt – das war mehr als genug. Sie wurde auf eigenes Risiko entlassen. Sie ließ sich nach Hause fahren. Es ging ihr prima.

Eben nicht.

Kurz nach Moms Sturz rief Clemmie mich im Büro an. Das war ein paar Wochen, nachdem ich ausgezogen war. In dieser Zeit hatten wir – abgesehen von unseren gelegentlichen Schlagabtauschen – kaum mehr als hallo zueinander gesagt. Wenn Clemmie mir irgendetwas mitzuteilen hatte, sagte sie es Addison.

«Tut mir leid, dass ich dich anrufen muss, Lucian», sagte Clemmie. «Ich weiß, dass du im Augenblick lieber nichts von mir hörst, aber es ist dringend. Es geht um deine Mom. Ich mache mir Sorgen um sie.»

«Dann sprich mit Paul», sagte ich. «Er ist derjenige, der sich Sorgen um Mom macht. Ich mache mir keine Sorgen. Sprich mit Paul.»

«Ich spreche aber mit dir, Lucian», sagte Clemmie. «Okay?»

Bimm machte die Glocke.

«Ich höre», sagte ich.

«Ich war heute Morgen bei ihr, um mit ihr zum Supermarkt zu fahren wie jede Woche», sagte Clemmie. «Normalerweise hat sie den Kaffee fertig, und dann trinken wir eine Tasse, während sie ihre Einkaufsliste schreibt. Ich gehe also rein, und da sitzt sie am Küchentisch – kein Kaffee, keine Liste. Sie sitzt da und starrt die Wand an, sagt nicht hallo, steht nicht auf – sie sitzt einfach da und starrt. Sehr seltsam.»

«Dass jemand dich nicht mit Tschingderassa begrüßt, ist noch kein Grund zur Sorge», sagte ich.

«Ich bin noch nicht fertig», sagte Clemmie. «Ich sage also: ‹Hallo, guten Morgen›, und sie sagt: ‹Brad war hier.› Und ich sage ungefähr so was wie: ‹Wirklich? Brad, dein Mann? Er war hier? Bei dir?› Und deine Mom sagt: ‹Ja, er war hier, aber er konnte nicht bleiben. Er musste wieder weg. Er hat gesagt, sie rufen ihn.› Ich sage: ‹Wer ruft ihn?› Und sie sagt, sie weiß es nicht, er hat es ihr nicht gesagt. Und dann hat es sie irgendwie geschüttelt, und sie ist aufgestanden und hat gesagt: ‹Tut mir leid. Was wollte ich noch? Ach ja, jetzt fällt's mir ein – warte, ich mach Kaffee.›»

«Das war alles?», fragte ich.

«Ja, Lucian, das war alles. Ist das nicht genug?»

«Genug wovon?»

«Ich kann's nicht fassen», sagte Clemmie. «Vor zwei Stunden war deine Mutter völlig neben sich. Sie hat mit jemandem gesprochen, der längst tot ist. Sie war in einer Art … ich weiß nicht, sie war nicht bei sich, verstehst du das nicht?»

«Doch, das verstehe ich. Ich verstehe nur nicht, was ich deiner Meinung nach tun soll.»

«Na ja, irgendwas. Vielleicht sollte sie mal mit jemandem reden.»

«Mit wem denn?»

«Mit einem Arzt.»

«Aha», sagte ich. «Tja, ich weiß nicht. Was sagt Jake denn dazu?»

«Jake? Was hat der damit zu tun?»

«Na ja, ich würde keine Entscheidung im medizinischen oder psychologischen Bereich treffen wollen, ohne ihn dazu gehört zu haben. Bei seiner Ausbildung, bei seinem Können.»

«Weißt du was, Lucian?», sagte Clemmie. «Du kannst mich mal.»

Klick.

Bimm – Ende der Runde.

Ich wusste, dass Clemmie als Nächstes Paul anrufen würde. Sie und Paul würden sich darauf verständigen, dass unsere Mutter Hilfe brauchte. Und das stimmte sogar. Clemmie und Paul hatten recht. Wenn Mom dachte, dass ihr längst toter Jungspund von einem Mann sie jetzt, nach vierzig Jahren, besuchte, dann war bei ihr eindeutig eine Schraube locker, und es musste etwas geschehen. Ganz gleich, um was es geht – ich war und bin der Meinung, wenn etwas geschehen muss, sollte man möglichst gar nichts tun. In neun von zehn Fällen stellt sich nämlich heraus, dass jedes Eingreifen unnötig war. Aber in diesem Fall vielleicht nicht. Das musste sogar ich zugeben, wenn auch nicht gegenüber Clemmie.

Das war jedenfalls der Stand der Dinge. Und darum also Steep Mountain.

DEESKALATION

Terry St. Clair kam mit einem solchen Knall aus der Deckung, dass ich für einen Moment dachte, es wäre der letzte, den ich erlebte. Und auch der letzte für Terry und seine bescheuerte Mutter. Einer von Dwight Farrabaughs Leuten glaubte, Terry beim Haus seiner Eltern gesehen zu haben. Unser Funker gab die Meldung raus, und Deputy Gilfeather, die gerade in Cumberland auf Patrouille war, machte sich auf den Weg. Ich war im Büro und fuhr ebenfalls hin. Sie hätte eigentlich vor mir dort sein sollen, aber sie hatte noch nicht alle Straßen im Kopf und verfuhr sich ein bisschen. Ich kam also zuerst an. Für Terry und seine Mutter war das wahrscheinlich ein Glück.

Terry war auf dem Beifahrersitz des Taurus, an dessen Steuer seine Mutter Anna saß. Wie es aussah, wollten sie gerade eilig aufbrechen. Stan – Annas Mann und Terrys Vater – war nirgends zu sehen.

Ich hielt fünf Meter vor ihnen am rechten Rand der Zufahrt an, stieg aus und ging auf den Taurus zu. Als ich näher kam, ließ Anna den Motor an. Ich ging weiter. Anna legte den Gang ein und ließ den Wagen auf mich zurollen. Ich sah Terry auf dem Beifahrersitz. Sein linker Arm war noch immer verbunden.

Ich blieb stehen und hob die Hände, damit Anna sah, dass ich unbewaffnet war. Sie trat auf die Bremse und streckte den Kopf aus dem Fenster.

«Aus dem Weg, Sheriff», rief sie.

«Ich will zu Terry», sagte ich.

«Lassen Sie meinen Sohn in Ruhe», sagte Anna. «Er hat nichts getan. Also, aus dem Weg.»

Sie ging von der Bremse. Der Wagen rollte auf mich zu, blieb aber wieder stehen. Anna drückte auf die Hupe. Ich rührte mich nicht von der Stelle.

«Ich fahr Sie über den Haufen, Sheriff», sagte Anna. «Sie können sich drauf verlassen. Ich werde meinen Sohn beschützen.»

Ich sah nach rechts. Bei dem ganzen Hin und Her und Annas Gehupe hatten wir Deputy Gilfeather gar nicht bemerkt. Sie war kurz nach mir gekommen, hatte den Streifenwagen auf der Straße stehen lassen und war die Zufahrt entlang auf den Taurus zugerannt. Jetzt stand sie plötzlich eineinhalb Meter neben der Fahrertür. Sie hielt die Dienstpistole schussbereit mit beiden Händen und zielte auf Anna St. Clairs Kopf.

«Ich hab sie, Sheriff», sagte sie leise. «Beide.»

Auch Anna hatte sie gesehen, reagierte aber nicht. «Sheriff?», sagte sie. «Zum letzten Mal: Gehen Sie mir aus dem Weg, sonst überfahre ich Sie wie irgendein Tier, das mir vor den Wagen läuft. Sie wissen, dass ich es ernst meine.»

Ich trat vor den Kühlergrill des Taurus, legte die Hände auf die Kühlerhaube und beugte mich vor, so dass ich Anna durch die Windschutzscheibe ansehen konnte, während rechts von mir Deputy Gilfeather wie aus Stein gemeißelt dastand und, den Finger am Abzug, auf sie zielte.

«Misses St. Clair? Anna?», sagte ich. «Sie haben recht: Terry hat nichts getan. Er ist nicht in Schwierigkeiten. Noch nicht. Aber Sie sehen, wohin so was führen kann. Lassen Sie es nicht so weit kommen. Nehmen Sie wenigstens den Gang raus.»

«Damit Sie ihn verhaften können», sagte Anna.

«Äh … Mom?», sagte Terry.

«Ich bin nicht hier, um irgendwen festzunehmen», sagte ich. «Ich bitte Sie nur, den Gang rauszunehmen. Mehr nicht. Was meinen Sie?»

«Mom?», sagte Terry wieder.

Anna gab keine Antwort, schob den Ganghebel aber in die Parkstellung und nahm den Fuß von der Bremse. Ich richtete mich auf, trat ein paar Schritte zurück und hob wieder die Hände.

«Danke, Anna», sagte ich.

«Sheriff?», fragte Deputy Gilfeather.

«Mom?», sagte Terry.

«Gefechtsbereitschaft aufgehoben, Deputy», sagte ich. «Hier ist alles unter Kontrolle.»

«Sieht mir nicht danach aus», sagte Deputy Gilfeather.

«Gefechtsbereitschaft aufgehoben», sagte ich noch einmal. Sie ließ die Pistole sinken, hielt sie aber immer noch mit beiden Händen, so dass sie jetzt auf den Boden zielte.

«Ganz aufgehoben, Deputy», sagte ich. Sie legte den Sicherungshebel um, steckte die Pistole in das Holster, trat einen Schritt zurück und fixierte Terry und Anna mit einem konzentrierten Blick, der den Lack von der Karosserie hätte brennen können.

Da waren wir also. Ehrlich gesagt: Ich hatte keinen Plan, der über den Punkt, den wir jetzt erreicht hatten, hinausging, doch zum Glück für uns alle bog in diesem Augenblick Stan St. Clairs Pick-up in die Zufahrt ein. Stan blieb hinter mir stehen, stieg aus, ging zum Taurus und wechselte ein paar Worte mit Anna und Terry. Anna legte den Rückwärtsgang ein und setzte zurück zum Haus. Stan kam zu mir.

«Was ist hier los, Sheriff?», fragte er.

«Ihre Frau war drauf und dran, mich zu überfahren.»

«Ach, Lucian, das sagt sie mir ein paarmal die Woche. Einmal hat sie's sogar versucht, aber ich war zu schnell für sie. Sie meint das nicht so. Wollen Sie mit Terry reden? Jetzt, wo Sie wissen, dass er hier ist?»

«Vielleicht ein andermal», sagte ich. «Wenn Ihre Frau in der Arbeit ist.»

«Das ist vielleicht das Beste», sagte er.

«Okay», sagte ich und ging zu meinem Wagen.

«Moment mal», sagte Deputy Gilfeather zu mir. «Das ist alles? Wir kommen her, sehen nach und fahren wieder nach Hause? Ohne was zu unternehmen?»

«Sieht ganz so aus», sagte ich.

«Ist vielleicht das Beste», sagte Stan noch einmal.

Später, als ihre Schicht zu Ende war, stellte Deputy Gilfeather mich im Büro zur Rede.

«Bei der Sache heute hätten Sie draufgehen können, Sheriff», sagte sie.

«Unwahrscheinlich», sagte ich. «Sie haben ja gehört, was Stan gesagt hat. Anna hat sich ein bisschen aufgeregt. Das passiert ihr öfter. Sie war schon dabei, sich wieder einzukriegen.»

«War sie nicht», sagte Deputy Gilfeather. «Das Ganze ist Ihnen total entglitten. Die Situation stand auf der Kippe. Und überhaupt: warum dieses Risiko eingehen?»

«Es war kein großes Risiko», sagte ich. «Als sie den Gang rausgenommen hat, wusste ich, dass es vorbei war.»

«Sie wussten es?»

«Na ja, ich war mir ziemlich sicher.»

«Ziemlich sicher? Na, das ist ja toll! Sie will Sie überfahren, und Sie sind sich *ziemlich sicher*? Und was ist überhaupt mit ihr? Das war ein versuchter tätlicher Angriff mit einem Automobil.»

Ich nickte.

«Sie hat Ihr Leben bedroht, und Sie sagen bitte und danke und tun gar nichts? Keine Maßnahmen, keine Konsequenzen? Sie haben einfach abgebrochen.»

«Das ist der Job», sagte ich. «Es geht nicht darum, sich immer ganz sicher zu sein und nie ein Risiko einzugehen. Es geht nicht immer um Konsequenzen. Es geht um Ergebnisse. Heute haben wir ein gutes Ergebnis erzielt.»

«Sie haben nachgegeben», sagte sie. «Sie haben sie gewinnen lassen.»

«Ich habe uns alle gewinnen lassen», sagte ich. «Wenn nichts anderes hilft und man nachgibt, passiert das manchmal.»

«Also bitte, Sheriff», sagte Deputy Gilfeather. «Kommen Sie mir nicht mit diesem Deeskalationsscheiß.»

Was Terry betrifft: Er ist hiergeblieben. Man könnte sagen, er hat seine Lektion gelernt. Jedenfalls hat er sich aus allen Schwierigkeiten rausgehalten. Außerdem ist er seit ein paar Jahren Hausmeister in der Cardiff Middle School. Die Kinder nennen ihn natürlich Captain Hook, aber Terry scheint das nichts auszumachen. Er denkt wahrscheinlich, es könnte schlimmer sein. Da hat er recht.

Es ist schon so, wie ich damals zu Deputy Gilfeather gesagt habe: Es kommt auf das Ergebnis an. Bei Terry war es gut. Ein nichtsnutziger junger Sturkopf unterwegs zur Hölle springt dem Tod von der Schippe und wandelt fortan auf dem Weg der Tugend. Eins zu null für uns. Aber klopf dir nicht zu sehr auf die Schulter. Sei nicht zu stolz. Denn in der Mannschaft der nichtsnutzigen jungen Sturköpfe gibt es jede Menge Ersatzspieler. Es ist wie mit einem Fass für eingelegtes Gemüse in diesen alten Lebensmittelläden: Das Fass ist groß, das Salzwasser

ist trüb. Ganz gleich, wie lange man in so einem Fass herum-
fischt – es ist nie leer. Irgendwo findet sich immer noch ein
Stück Gemüse.

EIN GRAPEFRUITLÖFFEL

Soweit wir herausfinden konnten, hatte Nelson Butterfield aus West Bethany sich betrunken und angefangen, seine Freundin Carla Simpkins zu verprügeln, als es an der Tür klopfte. Nelson dachte, das seien mal wieder die Nachbarn oder vielleicht wir, die Polizei. Er sagte Carla, sie solle das Maul halten, und ging zur Tür. Damit begann eine ziemlich schlimme Zeit für den jungen Nelson. Sie dauerte zwölf bis vierzehn Stunden, bis zum nächsten Morgen, als er vor der Valley Clinic aus einem fahrenden Pick-up geworfen wurde, bewusstlos und mit einem dicken, schmutzigen Verband über dem linken Auge – oder vielmehr über der übel zugerichteten Stelle, wo sein linkes Auge gewesen war.

Aus irgendeinem Grund befand man es erst um acht Uhr für nötig, den Sheriff zu verständigen. Ich fuhr sofort zum Krankenhaus, aber Nelson war schon wieder weg. Die Ärzte hatten ihn zur Beobachtung dabehalten wollen, aber sobald sie ihm den Rücken gekehrt hatten, war er durch den Hinterausgang verschwunden. Ich fuhr zu ihm nach Hause. Keiner da. Also beschloss ich, Carla Simpkins zu befragen. Ich funkte Deputy Gilfeather an und bat sie, mich zu begleiten.

Carla arbeitete im Diner in Galilee. Dort fanden wir sie. Ich hatte Deputy Gilfeather mitgenommen, weil ich mir von ihr etwas weibliches Einfühlungsvermögen in Carla und ihre Geschichte erhoffte – auch wenn ich zu diesem Zeitpunkt bereits den Verdacht hatte, dass weibliches Einfühlungsvermögen vielleicht nicht unbedingt Deputy Gilfeathers Stärke war.

Carla Simpkins, Deputy Gilfeather und ich saßen in einer Nische am Ende des Diners. Carla war eine dicke, weiche, etwas langsame Frau, die sich vor allem über unsere Aufmerksamkeit wunderte. (Nelson Butterfield dagegen war ein kleines, flinkes Kerlchen mit einem Rattengesicht. Wie oft einem so was begegnet: ein kleiner Mann und eine große Frau, eine Maus, die ein Kaltblut reitet.) Sie sagte, Nelson habe sie mal wieder ein bisschen herumgeschubst, wie er es manchmal tat, wenn er was getrunken hatte. Sie machte den Eindruck, als wären Nelsons Handgreiflichkeiten nichts, womit sie nicht zurechtkam. Am Abend zuvor aber hatte sie sich nicht damit auseinandersetzen müssen. Es hatte laut an der Tür geklopft, und Nelson war gegangen, sie zu öffnen. Ein großer, kräftiger Mann, der so etwas wie einen Sack mit hineingeschnittenen Augenlöchern trug, stürmte herein, schlug Nelson nieder, packte ihn am Kragen, zog ihn wieder hoch und prügelte mit den Fäusten auf ihn ein. Nelson ging erneut zu Boden, worauf der Mann ihm mit dem Stiefel ins Gesicht trat; dieser Tritt sei es wohl gewesen, sagte Carla, der Nelson sein Auge gekostet habe. Dann zerrte der Mann Nelson zur Tür hinaus und fuhr mit ihm davon.

«Und was haben Sie dann gemacht?», fragte ich Carla.

«Ich bin zur Arbeit gegangen.»

«Zur Arbeit gegangen?»

«Ich hatte die Abendschicht.»

«Und das war alles? Ihr Freund wird vor Ihren Augen nach Strich und Faden verprügelt. Er verliert ein Auge und wird verschleppt – und Sie gehen zur Arbeit? Ohne uns anzurufen?»

«Nelson sagt immer, wenn irgendwas passiert, darf man nicht die Bullen rufen. Höchstens wenn einer tot ist. Aber ich glaube nicht, dass er tot war. Er hat ziemlich geblutet, und wenn man tot ist, blutet man nicht, oder?»

«Und bei der ganzen Aktion hat keiner was gesagt?»

«Nein», sagte Carla. «Na ja, der große Typ mit dem Sack hat so was gesagt wie: ‹Nimm das, du *Biiiep*.› Und Nelson hat so was wie *Echh* gemacht.»

Deputy Gilfeather ergriff das Wort. «Haben Sie ihn seitdem gesehen?»

«Wen?», fragte Carla.

«Ihren Freund», sagte Deputy Gilfeather geduldig. «Haben Sie Nelson Butterfield seit diesem Angriff gesehen?»

«Ach so», sagte Carla. «Ja. Mitten in der Nacht, als meine Schicht längst zu Ende war, hat das Krankenhaus angerufen. Also bin ich hingefahren und ein paar Stunden bei ihm geblieben. Dann wollte er da weg, also hab ich ihn nach Hause gefahren.»

«Und da ist er jetzt?», fragte ich sie.

«Äh … nein», sagte sie. «Er ist abgehauen.»

«Abgehauen? Sie meinen, er hat die Stadt verlassen?»

«Das weiß ich nicht», sagte Carla.

«Aber ich weiß es», sagte ich zu Deputy Gilfeather, als wir die Vernehmung beendet hatten und hinausgingen. «Er ist über alle Berge. Abhauen kann man auch mit einem Auge.»

«Soll ich mal bei ihm zu Hause nachsehen?», fragte Deputy Gilfeather.

«Nicht nötig. Den können Sie vergessen. Der ist weg.»

«Vielleicht», sagte sie. «Vielleicht aber auch nicht.» Sie war sauer, und das mit Recht. Sie hatte die Hundert-Dollar-Frage gestellt: Hatte Carla ihren Freund nach dem Angriff auf ihn gesehen? Ja, das hatte sie. Sie war bei ihm im Krankenhaus gewesen und hatte ihn nach Hause gefahren, und das hieß, dass Nelson jede Menge Zeit gehabt hatte, Carla einzuschärfen, was sie zu sagen hatte, wenn wir kamen und sie befragten.

«Sheriff?», sagte sie. «Wie groß ist die Wahrscheinlichkeit, dass sie die Wahrheit sagt? Dass es ein einziger maskierter Mann war, der Nelson zusammengeschlagen und ihm das Auge ausgetreten hat? Na, was meinen Sie?»

«Keine Ahnung», sagte ich. «Sagen Sie's mir.»

«Null.»

Ich nickte.

«Aber warum?», fuhr sie fort. «Das ist doch die Frage. Warum lügt sie? Warum lügt sie für diesen Schleimscheißer?»

«Weil sie ihn liebt?», sagte ich.

«Weil sie dumm ist.»

«Sie hätten nicht für Nelson gelogen, stimmt's?»

Sie schnaubte und schüttelte den Kopf.

«Was hätten Sie getan?», fragte ich sie.

«Wenn er mich angerührt hätte, wenn er auch nur daran gedacht hätte, mich anzurühren, hätte ich ihn erschossen.»

Das habe ich gemeint, als ich sagte, dass weibliches Einfühlungsvermögen womöglich nicht zu Deputy Gilfeathers Stärken gehört. Vielleicht ist das Schwesterliche in ihr nicht besonders ausgeprägt, vielleicht fehlt ihr einfach die Begabung dafür. Für unsere Arbeit allerdings war sie sehr begabt. Sie erkannte sofort, in welcher Klemme Nelson Butterfield saß. Dass es angeblich nur ein einziger Angreifer gewesen war, kam ihr seltsam vor. Es kam ihr seltsam vor, weil es nicht stimmte. Aber Nelson hatte über das, was mit ihm passiert war, gelogen oder vielmehr seine schwerfällige Freundin dazu gebracht, für ihn zu lügen. Das bedeutete, dass es irgendwo jemanden gab, vor dem Nelson mehr Angst hatte als vor uns. Wenn man ein ordentlicher, friedliebender Bürger ist, mag das ja ganz in Ordnung sein. Vielleicht sogar gut. Aber wenn man, wie ich, das Gesetz repräsentiert, will man selbst der Einzige sein, vor dem die Leute Angst haben. Man will das Monopol auf Angst haben. Wenn man es nicht hat … tja, dann können die Dinge ziemlich kompliziert werden.

Addison war ein alter Freund des Chefarztes der Valley Clinic. Die beiden kamen alle paar Wochen zusammen und begossen sich die Lampe.

«Doc sagt, das war das Übelste, was er je gesehen hat», sagte Addison.

«Was denn?»

«Du weißt schon: der Kerl, der sein Auge verloren hat.»

«Ach, der», sagte ich. «Ja. Irgendeiner hat es ihm ausgetreten.»

«Nicht ganz», sagte Addison. «Jemand hat es ihm rausge-schnitten.»

«Rausgeschnitten?»

«Ja», sagte Addison. «Das Auge wurde entfernt, regelrecht amputiert, könnte man sagen. Geradezu fachmännisch, wie von einem Chirurgen. Es gibt ein chirurgisches Instrument da-für, hat Doc gesagt, ein *Okulotom* oder so, ein Instrument zum Entfernen von Augäpfeln. Stell dir das mal vor. Sieht nicht viel anders aus als ein Dessertlöffel.»

«Ach was», sagte ich.

«Nein, wirklich», sagte Addison. «Wie ein Dessertlöffel, hat er gesagt. Oder vielmehr wie ein Grapefruitlöffel», fuhr Addi-son fort. «Du weißt schon: ein Löffel mit einer scharfen Kante. Mit einer Klinge. Du hast bestimmt schon mal einen Grape-fruitlöffel gesehen.»

«Nicht dass ich wüsste», sagte ich. «Wahrscheinlich nicht. Löffel und Grapefruit und so weiter überlasse ich lieber dir und Clemmie.»

«Meiner lieben Clemmie», sagte Addison. «Ja, das war wirklich eine verrückte Sache, hat Doc gesagt. So was hat er noch nie gesehen. Das sagt er nicht oft.»

«Nein.»

«Wo wir gerade von Clemmie reden: Wie kommt ihr beiden in letzter Zeit miteinander zurecht?»

«Prima», sagte ich.

«Gut, gut», sagte Addison. «Seid ihr also wieder zusammen? Ziehst du wieder ein?»

«Eher nicht», sagte ich. «Dafür müsste erst mal dieser Deckhengst in einen anderen Stall verlegt werden.»

«Ah, du meinst wahrscheinlich Jake Stout.»

«Wahrscheinlich.»

An dem Nachmittag nach unserem Gespräch mit Carla Simpkins meldete sich Deputy Gilfeather von Nelsons Haus in West Bethany. Ich hatte ihr gesagt, Nelson sei abgehauen, aber sie hatte mir nicht glauben wollen. Also war sie nach Ende ihrer Schicht hingefahren, um mal nachzusehen, für den Fall, dass er doch da war. Er war da. Kaum hatte sie den Streifenwagen vor dem Haus geparkt, da sprang er auch schon zur Tür hinaus und rannte in den Wald. Sein Auge war noch immer verbunden, aber er rannte ziemlich schnell. Sie wollte wissen, ob sie ihn verfolgen solle.

Ich riet ihr, ihn laufen zu lassen. Es wurde dunkel, und im Wald würde sie Nelson niemals finden. Außerdem war er nicht wichtig. Wir konnten ihn finden, wenn wir wollten. Und wenn nicht, wenn Nelson verschwunden blieb – tja, dann war mir auch das ganz recht.

DER EINSCHÜCHTERER
UND DAS INFIELD

«Schüchtere ich Sie ein, Sheriff?», fragte mich der Vorsitzende.

Man hatte mich gebeten, an einer Gemeinderatssitzung in Cardiff teilzunehmen. Es ist vielleicht schwer zu glauben, aber Gemeinderäte bitten einen Sheriff nur sehr selten, an einer Sitzung teilzunehmen, um ihm zu sagen, wie dankbar sie ihm für seine gute Arbeit sind. Normalerweise ist ihnen mehr daran gelegen, sich über den Umfang von Patrouillenfahrten, Einsätzen und anderen polizeilichen Tätigkeiten zu beklagen, was letztlich darauf hinausläuft, dass sie sich über die Höhe der Mittel beklagen, die sie dafür zugesagt haben. Das alles folgt einer Dramaturgie, die jeder versteht. Die Gemeinderäte jammern über das viele Geld. Der Sheriff jammert über die horrenden Kosten für Benzin, Versicherung, Reinigung, Kaffee, Handschellen, Munition und alles mögliche andere, das ihm einfällt. Man ist sich einig, dass die Lage schlecht ist und sich ohne einschneidende Maßnahmen zunehmend verschlechtern wird. Dann wird die Sitzung vertagt, und alles geht weiter wie zuvor. Es hat viel Ähnlichkeit mit dem Sonntagsgottesdienst. Es hat eine klare Struktur, die alle kennen. Ich hatte erwartet, dass auch dieser Abend so verlaufen würde.

Falsch. Stephen Roark, der Vorsitzende, ging auf mich los, kaum dass ich mich gesetzt hatte. Warum hatte ich auf die beunruhigenden Überfälle nicht energischer reagiert? Hatte ich den kürzlichen Angriff auf Terry St. Clair etwa schon vergessen? Und den neuesten und erheblich brutaleren Angriff auf Nelson

Butterfield? Anscheinend hatte ich das. Und was war mit ähnlichen, früheren Verbrechen, die vor Monaten oder Jahren verübt worden seien? Hatte ich bei diesen Greueltaten überhaupt irgendwelche Ermittlungen angestellt? Wenn ja, was konnte ich darüber berichten? Wenn nein, würde ich dann zugeben, dass ich überfordert sei, und wäre es dann nicht höchste Zeit, dass die State Police im Auftrag des Gemeinderats eine unabhängige Sonderkommission bildete, welche die Polizeiarbeit in unserem Tal übernehmen und dem Sheriff übergeordnet sein solle? Würde ich die Einsetzung einer solchen Kommission unterstützen?

«Das würde ich nicht», sagte ich.

Warum nicht?, wollte der Vorsitzende wissen. Immerhin hätte ich doch nichts vorzuweisen, oder? Hätte dieser kürzliche Überfall auf Butterfield mich nicht endlich in Aktion treten lassen sollen? Sei meine Untätigkeit denn grenzenlos? Stehe denn nicht die Sicherheit der gesamten Gemeinde auf dem Spiel? Hier gehe es ja schließlich nicht um mich. Oder dächte ich das etwa? Hätte ich das Gefühl, unfairer Kritik ausgesetzt zu sein? Durch die Gemeinderäte? Insbesondere durch den Vorsitzenden? Fühlte ich mich angegriffen? Ich persönlich? Vom Vorsitzenden Roark?

«Schüchtere ich Sie ein, Sheriff? Fühlen Sie sich eingeschüchtert?»

«Sehr», sagte ich.

An diesem Punkt kam mir Sally Anthony zu Hilfe. Sally war die dienstälteste Gemeinderätin von Cardiff. Sie kannte sich mit allen Angelegenheiten der Gemeinde, einschließlich der Geschäftsordnung, bis ins letzte Detail aus. Sie kannte das Spiel, die Spieler und die Regeln – und sie hasste Stephen Roark, den sie als Emporkömmling und persönliche Bedrohung ihrer

Autorität betrachtete, aus tiefstem Herzen. Jetzt legte sie ihr Strickzeug beiseite und stellte einen Antrag zur Geschäftsordnung. Der Vorsitzende erteilte ihr das Wort und hatte im Handumdrehen die Kontrolle über die Sitzung verloren – er hätte ebenso gut nach Hause gehen können. Sally machte sich sogleich daran, eine dichte Nebelwand zu erzeugen, wobei sie nicht nur die Gemeindesatzung von 1755, die revidierte Satzung von 1860 und die abermals revidierte von 1930 zitierte, sondern auch die Verfassung des Staates Vermont (1791), die Verfassung der Vereinigten Staaten (1787), die Unabhängigkeitserklärung (1776), die Verfahrensrichtlinien für öffentliche Gremien, herausgegeben vom Secretary of State von Vermont, das Johannesevangelium sowie *Robert's Rules of Order*. Niemand hatte die leiseste Ahnung, wovon sie eigentlich redete, aber niemand wagte es, sie zu unterbrechen, besonders da die Schriftführerin Wort für Wort mitschrieb. Der Stift flog nur so über die Seiten ihres Notizbuchs. Sie war Sallys Schwägerin.

Schließlich wurde beantragt, die Bitte um Einsetzung einer Sonderkommission der State Police sowie die Erörterung der aktuellen Kriminalitätsrate bis zur Vorlage eines Berichts des Sheriffs zurückzustellen. Der Antrag wurde gestellt, unterstützt und beschlossen. Sally hatte alles so gründlich umgekrempelt, auf den Kopf gestellt und im Kreis herumgewirbelt, dass sogar dem Vorsitzenden der Kopf schwirrte. Er saß am Kopfende des Tischs, blinzelte wie eine Eule, sah von einem Gemeinderat zum anderen und lief erst rot, dann dunkelrot und schließlich bläulich an.

Ich war vom Haken. Der Vorsitzende dankte mir ausdrücklich für mein Erscheinen und sagte, ich hätte sicher noch sehr viel zu tun. Beim Hinausgehen wäre ich nur zu gern kurz bei Sally stehen geblieben, um ihr ein Küsschen auf die Wange zu drücken, doch sie strickte schon wieder und würdigte mich keines Blickes.

Ich fühlte mich ziemlich gut. Ich war dem Hinterhalt des Vorsitzenden mit heiler Haut und gesunden Gliedern entkommen und fand, dass ich von schwächeren Feinden kaum etwas zu befürchten hatte. So war ich fröhlich und guter Dinge, als ich am nächsten Morgen auf einer Kuhweide in Gilead stand. Wenn man durch das Feuer der Ratsversammlung einer kleinen Gemeinde gegangen ist, braucht man nichts und niemanden zu fürchten.

Im Grunde war diese Sache gar nichts für den Sheriff. In den kleinen Dörfern und Weilern hier oben ist für alles, was mit Tieren zu tun hat, der Constable der Gemeinde zuständig, und dafür war ich schon immer dankbar. Nach meiner Erfahrung machen sich die Leute mehr Sorgen um ihre Tiere (besonders um Hunde) als um ihre Nachbarn. Soll sich jemand anders um entlaufene, zugelaufene, gestohlene, bissige, tollwütige Hunde und sonstiges Viehzeug kümmern.

Diesmal allerdings nicht. Diesmal ging es um Vieh und damit um Eigentum, und da tritt der Hüter des Gesetzes auf den Plan. Gileads Constable Homer Patch spielte den Ball zu mir. Er sagte, ich solle zu dem Bohlenweg am Fuß von Walcotts Weide kommen. Von da aus würden wir laufen müssen.

«Bring eine Schaufel mit», sagte Homer.

«Schaufel?»

«Wäre hilfreich. Und deinen Revolver.»

«Revolver?»

«Bloß zum Spaß», sagte Homer. Er tat schon immer gern geheimnisvoll.

Homer, Wingate und Cola Hitchcock waren so was wie das

Senioren-Infield in unserem Tal: Homer stand am ersten Base, Cola am zweiten und Wingate am dritten. «Senioren» war wahrscheinlich das falsche Wort, denn Cola war nicht viel älter als ich, aber wirklich übertrieben war es auch nicht. Die drei *wirkten* auch wie ein Infieldteam. Cola war klein und flink, Wingate war von mittlerer Statur, und Homer war ein hochgewachsener, breitschultriger Mann, der fast zwei Meter groß gewesen war, bevor das Alter begonnen hatte, ihn zu beugen. Die drei kannten sich schon ewig und agierten, ob sie nun irgendwohin gingen, zusammen arbeiteten oder sonst etwas machten, ohne lange nachzudenken – wie ein Infield eben. (Ich weiß schon: Ein Infield besteht nicht aus drei, sondern aus vier Leuten. Wie es aussah, hatte dieses Infield keinen Shortstop. Oder vielleicht war ich der Shortstop.)

Ich fuhr nach Gilead und traf mich mit Homer am unteren Zugang zur Weide. Wir stiegen den Hügel hinauf. Das dauerte. Homer ist fast so alt wie Wingate und nicht gerade dünn. Außerdem hatte er sein Jagdgewehr und eine Schaufel mitgebracht, die er hauptsächlich als Stock benutzte. Wir gingen also hinauf, durch Buschwerk, über steinige Stellen und zwischen Wacholdersträuchern hindurch, und mussten häufig stehen bleiben, damit Homer verschnaufen konnte.

«Ich werde langsam zu alt für so was», sagte er.

«Warum sind wir eigentlich bewaffnet?», fragte ich.

«Für unser seelisches Gleichgewicht», sagte er. «Du wirst schon sehen.»

Am oberen Ende der Weide kamen wir über eine kleine Kuppe. Etwa fünfzig Meter dahinter begann der Wald, und zwischen uns und dem Waldrand lag in einer flachen Senke, was von zwei Jungkühen übrig war. Sie waren in Stücke gerissen worden. Ihre Köpfe und Beine, ihre roten Knochen, die zerfetzte Haut, die langen bläulichen und roten Eingeweide waren über eine Fläche, so groß wie ein halber Tennisplatz, verteilt. Das Gras und die Büsche ringsum waren braun von ihrem getrockneten Blut. Homer und ich standen und schauten.

«Mal was anderes, oder?», sagte Homer.

«Wer hat sie gefunden?»

«Walcotts Junge. Sie haben gestern Abend gemerkt, dass sie fehlten, und der Junge ist mit seinem Quad hier raufgefahren. Es war dunkel, und er konnte nicht allzu viel erkennen, aber als er gesehen hat, was hier los war, hat er nicht lange gewartet, sondern ist gleich umgekehrt. Das war schlau. Am nächsten Morgen ist Walcott selbst hergefahren. Und dann hat er mich angerufen.»

Ich betrachtete die zerrissenen Kühe. Zum Teil sah es aus, als hätte man sie geschreddert. «Was macht so was?», fragte ich. «Eine Katze?» Homer kannte sich im Wald besser aus als ich.

«Du meinst, ein Puma?», sagte Homer. «Nein. Wenn du einen Puma sehen willst, geh in den Zoo. Hier gibt's keine Pumas, und wenn's welche gäbe, würden sie so was nicht machen. Das war keine Katze. Eine Katze schleift die Beute irgendwohin und versteckt sie. Sie verteilt sie nicht über den halben Berg. Nein, das war ein Hund. Vielleicht auch ein Bär, aber ich denke eher an den Killerhund.»

«Du meinst den von Calabrese? Don Corleone?»

«Genau den. Zu Calabreses Haus ist es nicht weit.»

«Ein einziger Hund soll das angerichtet haben?»

«Verdammt, Lucian, ich weiß es nicht. Ich war nicht dabei. Aber ich glaube nicht, dass es ein Häkelkränzchen war.»

«Und jetzt sollen wir sie begraben?»

«Ich hab Walcott gesagt, wir werden tun, was wir können», sagte Homer. «Sie mit Erde bedecken. Sonst kriegt er keine Kuh mehr auf diese Weide.»

«Und die Waffen?»

«Ich dachte, vielleicht kommt das Vieh zurück, um sich einen Nachschlag zu holen – dann können wir ihm eins verpassen. Wie hast du diesen Hund genannt?»

«Don Corleone.»

«Ich dachte, wir könnten Don Corleone eins verpassen.»

«Wir ihm oder er uns?»

«Na ja, wie gesagt, für unser seelisches Gleichgewicht.»

Wir machten uns daran, die Überreste der Kühe einzusammeln und mit Erde zu bedecken. Oder vielmehr: Ich machte mich daran. An diesen Hängen ist das Graben verdammt anstrengend. Die Erdschicht über dem gewachsenen Fels ist ziemlich dünn. Homer ging bald die Puste aus. Die meiste Zeit saß er da und sah mir beim Schaufeln zu.

«Eindeutig zu alt für so was», sagte er. Und dann: «Wie geht's der werten Gemahlin?»

«Prima», sagte ich.

«Ich hab gehört, sie ist ausgezogen.»

«Nein. Das war ich. Ich bin ausgezogen.»

«Das hatte ich anders gehört.»

«Ist nicht meine Schuld, dass du das anders gehört hast.»

«Ich hab gehört, sie zieht jetzt mit Jake Stout herum.»

«Stimmt.»

«Jake ist ein netter junger Mann.»

«Da würde Clemmie dir sicher recht geben.»

«Aber es ist eigentlich nicht gut, oder?», sagte Homer. «Es gehört sich nicht.»

«Ich beklage mich nicht», sagte ich.

«Das wissen wir», sagte Homer. «Aber es ist eine blöde Situation, nicht?»

«Ich weiß nicht, ob ich es so nennen würde», sagte ich.

«Ich würde es so nennen. Und ich kenne andere, die es auch so nennen würden. Was meinst du: Könnte nicht mal jemand mit ihm reden? Mit Jake Stout, meine ich. Über diese blöde Situation.»

«Auf was für einer Grundlage?», fragte ich ihn. «Er hat gegen kein Gesetz verstoßen.»

«Das hab ich auch nicht gesagt. Ich hab nur gesagt, jemand könnte mal mit ihm reden.»

«Jemand?», fragte ich.

«Jemand», sagte Homer.

«Reden?»

«Reden.»

STEEP MOUNTAIN

Das Steep Mountain House ist das, was man heutzutage «Einrichtung für betreutes Wohnen» nennt. Früher nannte man es Altersheim. Es liegt in der Gemeinde Jordan, ganz im Westen des Countys.

Steep Mountain hat eine bewegte Geschichte. Es wurde in den 1970er Jahren unter dem Namen Steep Mountain Alpine Village als hochklassiger Wintersportkomplex entworfen und gebaut: Pisten, Lifts, Schneekanonen, Hotel, Bar, Restaurants, Läden, Eigentumswohnungen – das volle Programm. Damals war Steep Mountain in aller Munde, und es wurde eine Menge Geld bewegt. Aber irgendwie fehlte der rechte Schwung, und zehn, fünfzehn Jahre nach der Eröffnung kam die Pleite. Eine Gesellschaft aus Massachusetts kaufte den Banken alles ab, demontierte und verschrottete die Lifts, ließ die Pisten zuwachsen und wandelte Hotel, Restaurants, Läden und Eigentumswohnungen in eine Anlage für Leute um, die sie als «Senioren» bezeichnete. Wie es aussieht, gibt es mehr Senioren als Skiläufer. Es war ein ziemlicher Erfolg, auch wenn diejenigen, die sich noch an die Zeiten erinnern konnten, als man dort Ski gefahren war, gern sagten, dass es mit den Leuten in Steep Mountain – ganz gleich, aus welchem Grund sie da waren – schon immer rasant bergab gegangen war.

An einem schönen Spätsommertag fuhren unsere Mutter, Paul, Clemmie und ich hinauf nach Steep Mountain. Mom hatte gewollt, das Clemmie mitkam. Ich hatte meine Zweifel, aber es gab keinerlei Probleme. Alle verhielten sich ruhig und gesittet. Clemmie hatte die Handschuhe zu Hause gelassen. Ich ebenfalls. Sie hatte sich sogar das Haar aufgesteckt und ein hübsches blaues Kleid angezogen. Sie sah ganz gut aus, fand ich. Ehrlich gesagt, sah sie verdammt gut aus. Ich war mir sicher, dass Jake das auch fand.

Wir parkten auf dem Besucherparkplatz. Ein paar Bewohner standen vor dem Eingang und rauchten. Vier Frauen und zwei Männer. Sie und viele andere in Steep Mountain rauchten unentwegt. Eigentlich hätten sie allesamt schon seit dreißig Jahren tot sein sollen, aber da standen sie und qualmten – zusammengerechnet waren sie etwa fünfhundert Jahre alt.

Die Direktorin, eine hochgewachsene Frau in den Vierzigern, kam heraus, um uns zu begrüßen, und wedelte mit den Armen, um den Zigarettenrauch zu vertreiben.

«Misses Wing?», sagte sie zu Mom. «Herzlich willkommen in Steep Mountain. Ich bin Barbara Hooper. Ich glaube, ich habe mit Ihrem Sohn gesprochen.»

«Ja, mit mir», sagte Paul und stellte uns vor.

«Oh», sagte Barbara Hooper, als sie meinen Namen hörte. «Lucian Wing, natürlich. Sie sind bei der Polizei, nicht?»

«Er ist der County-Sheriff», sagte Clemmie.

«Sollen wir reingehen?», sagte Ms. Hooper. «Sie werden bei uns bestimmt viele bekannte Gesichter entdecken», sagte sie zu meiner Mutter.

«Bestimmt», sagte Mom.

Um hineinzugehen, mussten wir an den Rauchern vorbei. Mom kannte sie alle. Sie grüßten uns. Eine winzige Frau im Rollstuhl sagte zu Mom und Paul freundlich hallo, sah Clemmie aber mit einem vernichtenden Blick an und wandte sich dann ab. Ich wusste nicht, was das sollte, aber dann fiel mir ein, dass die alte Frau Clarissa Stout war, Jakes Großmutter. «Hallo,

Sheriff», sagte sie zu mir, «schön, Sie zu sehen», wobei sie das *Sie* betonte. Da hatte offenbar jemand getratscht.

Die anderen gingen hinein. Clemmie und ich folgten ihnen. «Der alte Drache», flüsterte Clemmie. «Sag ihr, sie kann mich mal.»

«Sag's ihr lieber selbst.»

«Die alte Scharteke», flüsterte Clemmie.

Barbara Hooper führte uns schlendernd herum, zeigte uns dies und das, immer in gemächlichem Tempo und mit häufigen Pausen. Wir sahen den Gemeinschaftsraum, den Fernsehraum, den Bingoraum, den Fitnessraum, den Handarbeitsraum, den Speisesaal. Wir warfen einen Blick in die Küche, die Wäscherei, die Bibliothek, die Verwaltung. Wir spazierten durch die beiden Korridore und inspizierten Zimmer: Sie waren hell und freundlich und zwar nicht klein, aber irgendwie unwirklich, wie Kinderzimmer, wie Zimmer in einem Puppenhaus, die nicht nach den Vorstellungen der Bewohner, sondern nach denen des Erbauers gestaltet waren.

In vielen Zimmern plauderten wir mit den Bewohnern. Zu der Zeit wohnten etwa fünfzig Leute in Steep Mountain, und wir sagten allen hallo – und sie uns. Paul, Clemmie und ich kannten natürlich ein paar davon, jedenfalls dem Namen nach. Wir kannten ihre Kinder und Enkel. Unsere Mutter kannte wahrscheinlich mehr oder weniger alle.

Wir sahen auch in Martha Pennypackers Zimmer. Martha hatte zur selben Zeit unterrichtet wie unsere Mutter, war aber Lehrerin geblieben. Jetzt war sie pensioniert. Ihr Mann war gestorben, und sie hatte das Haus verkauft und war nach Steep Mountain gezogen, wo sie sich durch die Bibliothek las, Bingo spielte und Radio hörte. Um ihren Geist fit zu halten, löste sie Kreuzworträtsel, sechs bis acht Stück am Tag, und zwar schwere, nicht so läppische wie die im wöchentlichen Werbeblättchen. Und es funktionierte. Sie erntete Lob. Unsere Mutter sagte, Martha wisse vielleicht nicht ganz genau, wer sie sei und auf welchem Planeten sie lebe, könne aber Kreuzworträtsel lösen wie der Teufel.

Der Höhepunkt unserer wie jeder anderen Tour durch Steep Mountain war die örtliche Berühmtheit. Hugh Temple war hundertzehn Jahre alt, zu jener Zeit der älteste Mensch im Bundesstaat und einer der ältesten Männer im ganzen Land. Er hatte das schönste Zimmer – genaugenommen eine Suite mit einem kleinen Balkon, wo er sitzen und die Sonne genießen konnte. Jedes Jahr an seinem Geburtstag kam ein Reporter mit einem Fotografen nach Steep Mountain, um einen Artikel für die Zeitung in Brattleboro zu schreiben. Man sollte meinen, all das hätte aus Hugh einen glücklichen alten Mann gemacht, aber dem war nicht so. Er war so launisch und griesgrämig wie eh und je.

Meine Lieblingserinnerung an Hugh Temple ist die an den Tag, als er, bereits ein alter Mann, in unsere Geschichtsstunde in der Highschool kam. Er erzählte uns, wie die Schule früher, in seiner eigenen Schulzeit, gewesen war, und ließ keinen Zweifel daran, dass seiner Meinung nach inzwischen alles schlechter geworden war. Heutzutage bringt man euch in der Schule gar nichts mehr bei, sagte er zu uns Schülern und machte sich daran, es uns zu beweisen. Wollen doch mal sehen, wie viel Geschichte ihr gelernt habt, sagte er. Ich bin achtundsechzig. Wie hießen der Präsident und der Vizepräsident, als ich geboren wurde? Hugh lehnte sich zurück und sah ziemlich zufrieden aus, wenn auch nicht für lange, denn Billy Chambers sagte wie aus der Pistole geschossen: «William McKinley und null.»

«Ach ja?», sagte Hugh.

«Ja», sagte Billy Chambers.

«Was meinst du denn mit ‹null›?»

«McKinleys Vizepräsident war gestorben. Im Jahr 1900 gab es keinen Vizepräsidenten. Danach war es Theodore Roosevelt.»

«Ach ja?», sagte Hugh noch mal. Er mochte diesen Jungen nicht, diesen kleinen Klugscheißer. Er stampfte hinaus und kam nie wieder in die Schule.

Seitdem ist Hugh allerdings ein bisschen mürber geworden. Nach innen gekehrt. Wie es aussieht, ist er vielleicht doch nicht unsterblich. Bei unserem Besuch hatte er nicht viel zu sagen oder beizutragen, sondern streckte nur jedem seine trockene, altersfleckige Hand hin und gab Clemmie einen freundschaftlichen Klaps auf den Hintern. Na und? Man kann sagen, was man will – hundertzehn Jahre sind kein Witz. Hugh hielt sich ziemlich gut. Er aß wie ein Wolf, trank Alkohol, wann immer er welchen kriegen konnte, rauchte wie ein Buschfeuer, griff jedem weiblichen Wesen, das in Reichweite kam, an den Hintern und war nach allgemeiner Auffassung geistig hellwach. Aber wie bei Martha Pennypacker: Es gibt sehr hell und weniger hell. Es gibt wach und weniger wach.

Unsere Tour dauerte schon über eine Stunde, als meine Mutter mich am Ärmel zupfte und murmelte: «Bringt mich hier raus.» Glücklicherweise war unser Besuch beinahe zu Ende. Wir verabschiedeten uns von Barbara Hooper und den anderen und gingen zu Pauls Wagen. Paul hatte gute Laune. Er war sehr zufrieden mit dem, was wir gesehen hatten, und konnte gar nicht aufhören, davon zu reden: wie hell und freundlich, wie sauber, wie gut ausgestattet und professionell geführt das alles war. Wie nett alle gewesen waren.

«Hast du etwa Anteile an dem Ding?», fragte unsere Mutter ihn.

Paul war ein bisschen gekränkt. «Mir hat es gefallen, das ist alles», sagte er.

«Prima», sagte Mom. «Dann kannst du ja einziehen.»

Paul seufzte. «Na gut – was hast du daran auszusetzen?»

Unsere Mutter schwieg. Wir brachten sie nach Hause. Paul fuhr, Mom war auf dem Beifahrersitz, Clemmie und ich saßen auf der Rückbank und sahen zum jeweiligen Seitenfenster hinaus.

«Was hast du daran auszusetzen?», wiederholte Paul. «Warum hat es dir nicht gefallen? Da sind lauter Leute, die du kennst und die dich kennen. Lauter Freunde von dir.»

«Genau», sagte Mom.

«Ach, Herrgott», rief Paul. «Soll das heißen, du willst nicht noch mal herkommen und es dir genauer ansehen? Es kommt nicht in Frage?»

«Es kommt nicht in Frage», sagte Mom.

Paul versuchte es mit einem letzten Schuss. «Du musst wissen, dass man hier nicht einfach einziehen kann», sagte er. «Es gibt eine lange Warteliste.»

«Dann sollen sie warten», sagte Mom.

«Nein, nein», sagte Paul. «Nicht *die* müssen warten, sondern *du*. Du stehst auf der Warteliste.»

Unsere Mutter lächelte leicht und schüttelte den Kopf. Vielleicht warf sie mir einen raschen Blick zu. Dann tätschelte sie Pauls Bein. «Ich weiß, mein Lieber», sagte sie.

«Ach, verdammt», sagte Paul. «Wenn es so ausgeschlossen ist, dass du hierherziehst, warum sind wir dann hier? Warum bist du überhaupt mitgekommen?»

«Ich wollte sehen, ob du dann endlich Ruhe gibst», sagte Mom.

Sie kennen bestimmt den Witz mit dem Mann, der in finanziellen Schwierigkeiten ist und gefragt wird, wie es dazu kommen konnte. «Wie ich in die Pleite geschlittert bin?», sagt er. «Ganz einfach: erst ganz langsam und dann ganz schnell.»

Dasselbe gilt für den Fall, dass man den Verstand verliert – das lernten wir in jenem Sommer und Herbst mit Hilfe unserer Mutter. Sie hielt ein paar Wochen lang Kurs, und wenn wir aufhörten, sie zu beobachten und uns Sorgen zu machen, galoppierte sie über die Hügel davon.

Wenn das geschah, war Clemmie gewöhnlich die Erste, die es merkte. Einmal hielt sie am Haus unserer Mutter und hörte sie, noch bevor sie drinnen war, mit lauter Stimme sprechen, offenbar mit sich selbst. «Ich weiß nicht, was die sich denken», sagte Mom. «Sie wollen keinen Hund und keine Katze, aber sie haben dieses riesige Pferd, und das steht einfach bloß herum.» Clemmie ging in die Küche, wo das Telefon war. Keine Mom. Schließlich fand sie sie auf der Treppe. Sie saß auf halber Höhe zum ersten Stock auf den Stufen. «Hallo?», sagte Clemmie. «Ist noch jemand da?» – «Brad», sagte Mom. «Er wird langsam schwerhörig. Man muss ihn regelrecht anschreien. Und natürlich will er kein Hörgerät, dieser dumme Mann.»

Ein anderes Mal war ich im Büro gerade dabei, den Papierkram vor Feierabend zu erledigen, als Paul hereinkam und die Tür hinter sich schloss. Paul besuchte mich sonst nie im Büro. Er trat an meinen Schreibtisch.

«Sie hat mich nicht erkannt», sagte er. «Wendy hat Brownies für sie gebacken, und ich hab sie ihr gebracht. Ich bin reingegangen. Sie war in der Küche. Ich hab ihr die Brownies gegeben. Sie war sehr höflich und hat sich bedankt, aber ich hab genau gemerkt, dass sie keine Ahnung hatte, wer ich bin. Keine Ahnung. Kein bisschen.»

Paul schüttelte den Kopf und sah zu Boden. Es klang, als würde er leise husten. Er brachte kein Wort heraus. Ich ging um den Schreibtisch herum zu ihm und legte ihm die Hand auf die Schulter, aber er schüttelte sie ab, drehte sich um und ging hinaus.

Ich ließ ihn gehen. Ich überlegte, ob ich zu meiner Mutter fahren sollte, tat es aber nicht. Wozu? Um herauszufinden, ob sie sich an mich erinnern konnte, während sie Paul vergessen hatte? Oder um herauszufinden, ob sie mich ebenfalls vergessen hatte? Ich wollte keine dieser Fragen beantwortet haben. Wie wir alle wollte ich nur eins wissen: Was sollten wir tun? Keiner von uns wusste es. Keiner wusste darauf eine Antwort.

Doch dann, ganz plötzlich und reibungslos, war die Antwort da. Sie kam über das Left Field geflogen wie eine Taube, wie ein umgekehrter Home Run. Und sie kam von Addison. Ich stattete ihm einen Besuch ab und erzählte ihm von unserer Mutter, von dem Problem, das sie hatte, das wir alle hatten. Sie wollte nicht zu Paul, sie konnte nicht zu mir, und sie weigerte sich, nach Steep Mountain zu gehen. Es war ein Dilemma.

«Was für ein Dilemma?», fragte Addison. «Das ist doch kein Dilemma.»

«Du hast leicht reden. Was würdest du denn tun?»

Addison zuckte die Schultern. «Wo ist das Problem?», sagte er. «Bringt sie einfach her.»

DIE SITUATION

Lieutenant Farrabaugh rief mich an. Er wollte sich mit mir treffen. Ob ich kommen könne?

«Klar», sagte ich. «Zum Mittagessen? Und du lädst mich ein?»

«Aber ja», sagte Dwight.

«Wie immer? Im Burger Corral in White River?»

«Nein», sagte Dwight. «Lass uns mal was anderes ausprobieren. Auf der anderen Seite des Flusses. Den Burger Corral in Hanover. Auf meine Rechnung.»

«In Hanover? Was ist los?»

«Bis dann», sagte Dwight.

Hanover ist ein hübsches Städtchen, aber nicht ganz normal. Es hat etwas Übernatürliches oder jedenfalls etwas Fremdartiges an sich, als wäre es fix und fertig und in einem Stück von einer fliegenden Untertasse zwischen den Wiesen, Weiden und Wäldern von New Hampshire abgesetzt worden. Mit seinem schönen alten College aus roten Backsteinen verfügt es über Gewicht, Stil, Klasse und Geld in einem Maß, wie man es hier nicht vermuten würde. Addison sagt übrigens dasselbe. Er sagt, jedes Mal, wenn er über die Brücke von Vermont nach New Hampshire fährt, hat er das Gefühl, als würde gleich jemand seinen Pass sehen wollen. Und Addison ist in Hanover kein Fremder. Er hat vier Jahre am Dartmouth College studiert, behauptet aber, an den größten Teil dieser Zeit könne er sich nicht erinnern.

«Warum eigentlich nicht?», fragte ich ihn einmal.

«Das habe ich mich auch schon gefragt», sagte er. «Hat vielleicht was mit Alkohol zu tun.»

Nach New Hampshire fahren Leute aus Vermont, wenn sie unsichtbar sein wollen. Wenn Lieutenant Farrabaugh sich in Hanover mit mir treffen wollte, war irgendwas im Busch. Und das konnte eigentlich nur eins bedeuten.

Dwight saß in Zivil an einem Picknicktisch neben dem Burger Corral. Vor ihm standen zwei Becher Kaffee. Er schob mir einen zu.

«Essen wir auch was?», fragte ich ihn.

«Gleich», sagte Dwight. «Setz dich.»

Ich setzte mich und nahm den Deckel von meinem Becher. Der Kaffee war kalt. Dwight hatte schon eine Weile gewartet.

«Ich wollte sicher sein, dass wir allein sind», sagte er.

«Und? Sind wir allein?»

«Ich hoffe es», sagte Dwight. «Lucian, wer zum Teufel ist Stephen Roark?»

«Der Vorsitzende? Ein großes Tier in Cardiff. Neu in der Stadt. Gemeinderatsvorsitzender. Ein Sprinter, du weißt schon.»

«Und was ist er im wirklichen Leben?»

«Pensionierter Offizier. Air Force. Hat in Washington gearbeitet, im Pentagon. In der Rechtsabteilung oder so. Ein Jurist.»

«Pensioniert, sagst du?»

«Ja.»

«Herrgott», sagte Dwight. «Wenn er als pensionierter Offizier so viel Kacke dampfen lassen kann, wie er es im Moment tut, bin ich froh, dass ich ihn nicht in seiner aktiven Zeit erlebt habe.»

«Was meinst du damit? Er ist ein kleiner Gemeinderat in einer kleinen Stadt. Er kann mir das Leben schwermachen, aber dir kann er nicht viel tun.»

«Er nicht, aber seine Freunde. Und von denen scheint Mister Roark eine ganze Menge zu haben. Wusstest du das? Ich hab Anrufe von meinem Kommandeur, der Staatsanwaltschaft und dem verdammten Büro des Gouverneurs gekriegt – kannst du dir das vorstellen? Alle drei gestern. Wenn ich wieder ins Büro komme, haben inzwischen wahrscheinlich der Präsident, der Außenminister und die Königin von England angerufen.»

«Und was hat das mit mir zu tun?»

«Das weißt du ganz genau, Lucian. Und es geht auf die Sache mit diesem kleinen Pisser Terry St. Clair zurück, stimmt's? Als wir das letzte Mal darüber gesprochen haben, habe ich gemerkt, dass dir jemand im Genick sitzt. Das war Roark, oder? Spielt aber keine Rolle – jetzt ist es jedenfalls Roark. Er hat es auf dich abgesehen. Er will dich fertigmachen. Er erzählt allen möglichen Leuten, dass du dich als eine Art einsamer Rächer siehst. Dass du Richter, Jury und Henker in einer Person bist. Gerichtsverhandlung? Sentimentaler Blödsinn, sagst du laut Roark. Du gehst herum und bestrafst Leute, die du im Verdacht hast, Ärger zu machen. Die *du* im Verdacht hast und sonst niemand. Du verprügelst sie – ach was, verprügeln ist noch das wenigste. Du hackst und verstümmelst. Herrgott. Hat dieser Typ wirklich ein Auge verloren?»

«Er hat gesagt, es ist bei einer Schlägerei passiert.»

«Und?»

«Und was?», fragte ich. «Du meinst, ob es stimmt? Ich wollte, es wäre so. Ich wollte, ich könnte herumgehen und den Abschaum auf eigene Rechnung beseitigen. Ich habe einen neuen Deputy, eine Frau, die das liebend gern tun würde – sagt sie. Ich hab ihr gesagt, das soll sie lieber vergessen, jedenfalls solange sie mein Deputy ist. Ich bin wahrscheinlich altmodisch, aber ich war schon immer der Ansicht, dass es beim starken Arm des Gesetzes zwar zum Teil um das Gesetz, aber nicht immer um den starken Arm geht, wenn du verstehst, was ich meine.»

«Na gut», sagte Dwight. «Aber täusch dich nicht: Roark – oder vielmehr seine Freunde – meinen es ernst. Sie werden ganz schön aktiv. Sie verlangen eine unabhängige Kommission, die deine Tätigkeit als Sheriff untersuchen soll. Sie reden von einer gemeinsamen Untersuchungskommission. Gott, wie ich so was hasse!»

«Das hab ich mir gedacht», sagte ich. «Und? Kriegen sie eine Kommission?»

«Klar kriegen sie die», sagte Dwight. «Darum sitzen wir ja hier. Ich kann das für ein, zwei Wochen verzögern, aber ich kann es nicht aufhalten, und ich finde, das solltest du wissen. Du hast ein Problem, Mann. Roark hat dich im Schwitzkasten und wird zudrücken, bis dein roter Kopf im Dunkeln leuchtet.»

Dwight stand auf. Er nickte in Richtung Burger Corral.

«Okay», sagte er. «Das waren die Nachrichten. Wollen wir was essen?»

Als Dwight wieder zu seinem Büro in der Kaserne aufgebrochen war, rief ich Cola in seiner Werkstatt in Dead River an und sagte, wir müssten uns treffen. Ich sagte ihm auch, warum, jedenfalls teilweise.

«Okay», sagte Cola. «Ich sag den anderen Bescheid. Wann?»

«Ich kann in eineinhalb Stunden bei dir sein.»

«Nein», sagte Cola. «Komm rauf zur Hütte.»

Um fünf war ich am Mount Nebo. Am Ende der Forststraße waren drei Pick-ups geparkt. Drei. Ich ging auf dem Fußweg zur Hütte. Es war niemand zu sehen, aber die Schubkarre stand vor der Tür, und die Tür war geöffnet, also ging ich hinein.

Cola, Homer Patch und Wingate saßen am Tisch und unterhielten sich leise. Wingate hatte Knieprobleme und konnte kaum noch laufen. Wenn er sich hier hinaufgeschleppt hatte, dachte ich, musste es ihnen wohl ernst sein.

«Seht mal, Leute», sagte Cola, als ich an den Tisch trat, «der Sheriff von Cochise.»

«Was soll das sein?», fragte Wingate.

«Ein alter Film», sagte Cola.

«Kein Film», sagte Homer. «Das war eine Fernsehserie.»

«Und wie kommt's dann, dass ich ihn in Brattleboro im Kino gesehen habe?», fragte ihn Cola.

«Du hast ihn eben nicht im Kino gesehen», sagte Homer.

«Natürlich hab ich ihn im Kino gesehen», sagte Cola.

«Leute?», sagte Wingate.

Cola ließ das Thema fallen. «Willst du was trinken?», fragte er mich. «Ein Bier? Wir haben kaltes Bier mitgebracht.»

«Nichts», sagte ich.

«Sonst jemand?», fragte Cola.

«Ich könnte eins vertragen», sagte Homer.

«Ich könnte was Stärkeres vertragen», sagte Wingate.

Cola stand auf und ging zum Waschbecken. «Also zwei Bier und was Stärkeres für unseren Senior», sagte er. Er brachte zwei Dosen Bally's Ale, eine Flasche Jim Beam und ein Glas, das er, nachdem er hineingeblasen und es mit dem Hemdzipfel ausgewischt hatte, vor Wingate stellte. Dann setzte er sich wieder.

«Wir haben hier so was wie eine Situation, würde ich sagen.» Er sah mich an. «Ich hab's ihnen erzählt», sagte er.

«Was ist mit Farrabaugh?», fragte mich Homer. «Wo steht er?»

«Er ist in Ordnung», sagte ich. «Er hält zu mir.»

«Bist du dir da sicher?», fragte Cola. Ich nickte.

«Und diese anderen? Farrabaughs Boss, das Büro des Gouverneurs und so weiter?», sagte Homer. «Halten die auch zu dir?»

«Fürs Erste», sagte ich.

«Und später?», fragte Cola.

«Kommt auf die Situation an», sagte ich.

«Die Situation», sagte Homer.

«Was ist mit Terry? Und Nelson?», fragte Cola.

«Terry ist nach wie vor irgendwo im County», sagte ich. «Ein guter Bürger. Noch ein paar Monate, und er tritt bei den Young Republicans ein. Nelson? Ist nicht wiederaufgetaucht. Niemand hat ihn gesehen. Ich nehme an, er hat sich verpisst.»

«Gut», sagte Homer. «Dann haben sie also verstanden.»

«Sie sind zur Vernunft gekommen», sagte Cola.

«Sie haben was gelernt», sagte Homer.

«Sie sind resozialisiert», sagte Cola.

«Sieht so aus», sagte ich.

«Na, dann ist das ja schon mal geklärt», sagte Cola. «Oder? Das heißt, wir haben eine Situation, aber es ist bloß eine und nicht ein ganzes Rudel.»

«Nur eine», sagte Homer.

«Also, was sollen wir tun?», sagte Cola.

«Tja», sagte Homer, «wir haben nicht gerade viel Auswahl, würde ich sagen. Das Ganze ist wie ein herausstehender Nagel in einem Dielenbrett. Man muss was unternehmen, sonst stolpert man noch darüber. Man könnte sich weh tun. Was macht man also? Man könnte versuchen, ihn rauszuziehen.»

«Aber das funktioniert nicht immer», sagte Cola.

«Man könnte ihn auch wieder ins Dielenbrett schlagen», sagte Homer.

«Aber das wäre irgendwie schlampig, oder?», sagte Cola. «Nicht sorgfältig. Der Nagel arbeitet sich wieder raus.»

«Genau», sagte Homer. «Am besten wäre es …» Er sah Wingate an.

«Ihn abzuschneiden», sagte Wingate. Es war so ziemlich das Erste, was er sagte, seit er etwas Stärkeres bestellt hatte. Jetzt sahen die drei mich an. Ich hatte gewusst, dass sie mich ansehen würden.

«Lucian?», sagte Wingate.

Ich nickte.

«Sag ‹Okay›», sagte Cola.

«Okay», sagte ich.

«Okay», sagte Cola.

«Dunkel hier drinnen», sagte Homer.

Cola stand auf, holte eine alte Petroleumlampe, stellte sie auf den Tisch und zündete sie an. Das gelbliche Licht war wie warmer Honig.

«Also gut», sagte Cola zu den beiden anderen und sah mich an. «Dieser junge Bursche hier macht seinen Job. Er hat den ganzen Ärger. Mit dieser Situation. Das macht er für uns. Für uns. Und nicht nur das – er steht ganz vorn und steckt den Finger in das Loch im Deich. Er tut, was er kann. Und was ist mit uns? Was können wir für ihn tun? Was braucht er?»

«Nichts», sagte ich. «Ich brauche nichts.»

«Ach, komm schon, Sheriff», sagte Cola. «Du bist zu bescheiden. Wir sind nicht die Einzigen, die eine Situation haben, oder? Du hast auch eine. Zu Hause.»

«Hast du nicht gesagt, du schläfst im Büro?», sagte Homer.

«Und dass deine Frau einen neuen Mitbewohner hat?», sagte Cola.

«Da könnten wir dir helfen. Wie ich neulich gesagt habe. Wir könnten mal mit ihm reden», sagte Homer. «Wir könnten ihm was erklären.»

«Ihm einen Vorschlag machen», sagte Cola.

«Nichts Unappetitliches», sagte Homer.

«Nein, nein», sagte Cola. «Nichts Unappetitliches. Wir wollen nur mit ihm reden. Ihm ein Angebot machen, das er nicht ablehnen kann.»

«*Das* ist aus einem Film», sagte Homer.

«Was?», fragte Cola.

«Das ist aus *Der Pate*», sagte Homer, «und das ist ein Film. *Der Sheriff von Cochise* war eine Fernsehserie.»

«Von mir aus», sagte Cola. «Was sagst du dazu?», fragte er mich.

«Was spielt das für eine Rolle?», sagte ich. «Ihr werdet's ja sowieso tun, oder?»

«Worauf du dich verlassen kannst», sagte Cola. «Ob es dir gefällt oder nicht – es ist eine Situation, und für Situationen sind wir zuständig. Um die kümmern wir uns.» Colas ungleiche Augen funkelten im Lampenlicht. Das eine blitzte so blau wie ein Edelstein … wie heißt er noch gleich? Wie ein Saphir.

«Ich hab Jake immer gemocht», sagte Wingate.

Wir waren fertig. Cola stellte die leeren Bierdosen ins Waschbecken und räumte auf. Dann halfen er und ich Wingate auf und stützten ihn, als er mit schmerzenden Knien zur Tür humpelte. Draußen wartete Homer. Er half Wingate in die rostige alte Schubkarre, die dort bereitstand.

«Fertig?», fragte Cola, und Wingate sagte: «Los.» Cola und ich fuhren ihn auf dem Fußweg zum Holzverladeplatz, wo die Wagen standen. Es wurde Abend. Der Wald rechts und links des Wegs war dicht und dunkel. In den Wäldern hier oben gibt es jede Menge wilde Tiere: Hirsche, Bären, Elche, Coyoten, Truthähne, Eulen, Don Corleone. Vielleicht beobachteten uns fünfhundert Augen, als wir mit Wingate in der hin und her schaukelnden Schubkarre zum Parkplatz holperten. Was mochten die Tiere, die sich im Unterholz versteckten, wohl über diese verrückten Menschen denken, die einen der ihren durch den Wald karrten, als würden sie in einer Parade marschieren?

Am Verladeplatz ging Wingate die letzten Meter bis zu seinem Pick-up aus eigener Kraft. Er stieg ein und schlug die Tür zu. Dann kurbelte er das Fenster hinunter und wandte sich zu mir.

«Das wollte ich dich noch fragen», sagte er. «Wie geht's eigentlich deiner Mom?»

«Nicht so gut. Sie hat ein paar schlechte Wochen hinter sich. Clemmie und Paul glauben, dass sie den Verstand verliert.»

«Das habe ich auch gehört», sagte Wingate.

«Vielleicht zieht sie zu Addison», sagte ich.

Wingate hob die Augenbrauen. «Zu Addison? Sie will zu Addison ziehen? Ist das wahr? Donnerwetter.»

«Warum?», sagte ich. «Was ist damit?»

«Ach, nichts», sagte Wingate. «Ich bin bloß erstaunt.»

«Abmarsch, Leute», sagte Cola.

Wir schüttelten uns die Hand.

Wingate ließ den Motor an. «Wir hören voneinander», sagte er.

NUMMER VIER

«Bringt sie einfach her», sagte Addison. *Was? Wie war das?*

Ich sah ihn an. Hatten er und Johnnie Walker an diesem Morgen heftiger als sonst miteinander gerungen? Es schien nicht so. Nein, Addison war stocknüchtern. Hatte ich recht gehört?

«Hierher?», fragte ich ihn. «Du meinst, sie soll hier einziehen? Mit dir in diesem Haus leben?»

«Wir könnten ihr natürlich auch den Brennholzschuppen geben», sagte Addison. «Aber das wäre eigentlich nicht recht. Du weißt ja: Nummer vier.»

«Was für eine Nummer vier?»

«Elender Heide», sagte Addison. «Das vierte Gebot: Du sollst Vater und Mutter ehren und so weiter. Nummer vier eben.»

«Meinst du das mit Mom ernst?»

«Ich meine alles ernst», sagte Addison.

«Das wird sie niemals tun.»

«Wollen wir wetten?»

Ich hätte gewettet. Wie oft hatte ich mir anhören müssen, wie unsere Mutter Addison in der Luft zerriss, weil er aalglatt war, ein Snob, ein hochnäsiger, zu Unrecht erfolgreicher Dummkopf, weil er Abendgesellschaften veranstaltete, Fliegen trug, reiche Freunde und einen reichen Akzent hatte, weil er Anwalt war und vor allem, weil er dem bekanntesten schottischen Exportartikel mit solcher Hingabe zugetan war.

«Rechtsanwalt Jessup weiß nicht, dass die das Zeug schneller herstellen, als er es trinken kann», sagte Mom. «Es ist ein kleines

Land, und er denkt, er kann es leersaufen. Aber er wird feststellen, dass er das nicht schafft. Ich kenne einige Leute, die finden, dass Rechtsanwalt Jessup ein gutaussehender Mann ist. Die sollten mal einen Blick auf seine Leber werfen.»

Wenn man sie so reden hörte, hätte man meinen können, dass sie seine Leber ausgiebig begutachtet hatte. Sie redete, als würde sie Addison in- und auswendig kennen, als hätte sie ihn schon vor Jahrzehnten gewogen, für zu leicht befunden und in der Zwischenzeit keinen Anlass gesehen, ihr Urteil zu revidieren. Bei unserer Mutter machte Addison keinen Stich. Er war vorn ein Dummkopf, hinten ein Gauner und dazwischen ein Säufer. Und Addison wusste genau, was sie von ihm hielt. Es schien ihm nichts auszumachen.

«Kann sie kochen?», fragte er mich.

«Was?»

«Kann sie kochen? Deine Mutter. Lorraine. Natürlich kann sie kochen. In dieser Gegend können alle Frauen ihrer Generation kochen, stimmt's?»

«Paul und ich sind jedenfalls nicht verhungert», sagte ich. «Klar kann sie kochen. Sie kocht gern. Sagt sie jedenfalls.»

«Und wie sieht's mit Treppen aus? Schafft sie es die Treppe hinauf, oder muss ich sie tragen wie Rhett seine Scarlett?»

«Wer sind Rhett und Scarlett?»

«Leute in einem Buch.»

«Ach so», sagte ich. «Nein, mit Treppen hat sie kein Problem. Sie ist ziemlich kräftig. Sie ist nicht verkrüppelt, sie hat bloß einen Dachschaden.»

«Dann ist sie herzlich willkommen», sagte Addison. «Sag ihr, sie soll kommen, wann immer sie will.»

«Ich muss gestehen, dass ich aus dir nicht schlau werde», sagte ich. «Warum?»

«Warum was?», fragte er.

«Warum willst du, dass sie hier einzieht? Du weißt doch, was sie von dir hält.»

«Ja.»

«Also?»

«Sie wird ihre Meinung ändern.»

«Das bezweifle ich stark.»

«Du wirst sehen», sagte Addison. «Aber wie auch immer – ich werde nicht jünger. Ich könnte ein bisschen Gesellschaft vertragen. Jemanden, mit dem ich mich unterhalten kann. Jemanden, der mir hier und da ein bisschen hilft. Da fällt mir ein: Du hast gesagt, deine Mutter kann kochen, und das ist gut, sehr gut. Aber kann sie auch einschenken?»

Bei Clemmie – oder vielmehr zu Hause – war ein Baum umgefallen. Gemäß der üblichen Prozedur rief sie Addison an, der wiederum mich anrief. Die Zufahrt sei versperrt, sagte er, und ob ich heute noch hinfahren könne. Ist die Zufahrt nicht auch für Jake versperrt?, dachte ich. Aber ich sagte nichts. Schließlich war ich ja derjenige, der nicht wollte, dass Jake an meinem Haus herummurkste. Also gut, der Baum war mein Job. Die Motorsäge war im Schuppen neben dem Haus, ebenso wie die Schleppkette. Ich musste nur rausfahren zum Diamond Mountain.

Clemmies Accord stand vor dem Haus, aber von Jakes Pickup war nichts zu sehen. Dass Clemmie daheim war, wenn ich dort etwas zu erledigen hatte, überraschte mich zunächst, aber dann fiel mir ein, dass sie ja nicht wegkonnte. Ein Hauptast des großen Zwillingsahorn war abgebrochen und lag quer über der Zufahrt. Ich holte die Säge und die Schleppkette aus dem Schuppen und überlegte, wie ich zu Werk gehen würde. Dann füllte ich den Tank der Säge, warf den Motor an und machte mich an die Arbeit.

Mit einer Motorsäge zu arbeiten ist so, als hätte man den Teufel als Gehilfen. Er ist wahnsinnig fleißig, es gibt keinen besseren – bis er sich gegen einen wendet. Und das wird er früher oder später. Ich schäme mich nicht zu sagen, dass Motorsägen mir eine Scheißangst machen. Die Friedhöfe in diesem Staat sind voller Leute, die beim Sägen zu zuversichtlich waren. Angsthasen wie ich dagegen dürfen mit etwas Glück im Bett sterben.

Der schwere Ast lag also über der Zufahrt. Das stumpfe Ende hatte sich durch die Wucht des Aufpralls in die Erde gebohrt, der Rest ragte, gestützt von Ästen und Zweigen, schräg in die Luft. Ein halbgestürzter Baum ist das Gefährlichste, was einem im Wald begegnen kann, eine natürliche, automatische Falle. Er ist deshalb so gefährlich, weil sein Gewicht ungleich verteilt ist. Daran muss man beim Zerlegen denken. Wenn man ein Stück abschneidet, das nur an einem Ende gestützt wird und in die Luft ragt, kann man von oben nach unten sägen – das freie Ende fällt dann zu Boden. Aber wenn man zwischen zwei Auflagepunkten ansetzt, schließt sich der Schnitt über der Säge und klemmt sie schließlich ein. Dann geht nichts mehr. Man hätte von unten nach oben schneiden sollen, damit der Schnitt sich durch das Gewicht des Baums immer weiter öffnet. Von unten nach oben schneiden heißt aber, dass man die Säge auf sich zubewegt und sie nicht genau sieht. So passieren dann Unfälle wie der vor ein paar Jahren, bei dem Buddy Carpenter sein Ohr verloren hat – so hat Buddy es damals jedenfalls erzählt.

Nach eineinhalb Stunden war ich fertig und hatte noch immer zwei Arme, zwei Beine, zehn Finger und zehn Zehen – ein guter Tag für mich und die Motorsäge. Ich befestigte die Kette am Pick-up und zog die Teile von der Zufahrt. Dann machte ich Feierabend. Ich war müde, schweißgebadet und mit Sägemehl gepudert und würde Clemmie sagen, das Aufräumen könne Jake übernehmen.

Ich ging zurück zum Schuppen, um Säge und Kette zu verstauen, als Clemmie aus dem Haus trat und auf mich zukam.

«Warte», rief sie mir zu. «Bleib da, ich muss dir was zeigen.» Ich legte die Säge und die Schleppkette ab und wartete.

Clemmie führte mich die Zufahrt hinunter, vorbei an der Stelle, wo der Ast gelegen hatte. Sie blieb stehen und zeigte auf den Boden.

«Das habe ich entdeckt, als ich wegfahren wollte», sagte sie. «Ich bin ausgestiegen und hab mir den Baum von allen Seiten angesehen, und dann habe ich das hier entdeckt. Es ist von diesem Hund, oder?»

In der Nacht zuvor hatte es geregnet, und die unbefestigte Zufahrt war matschig. Mitten auf dem Weg waren drei frische Pfotenabdrücke eines Hundes. Aber das war kein normaler Hund gewesen: Jeder Abdruck war fast so groß wie meine Handfläche.

«Das war der Hund von diesem Polizisten, nicht?», sagte Clemmie.

«Ich dachte, du glaubst nicht, dass es ihn gibt.»

«Vielleicht, vielleicht auch nicht», sagte Clemmie. Sie hatte die Arme verschränkt, als wäre ihr kalt. «Ich sehe, was ich sehe», sagte sie.

«Tja», sagte ich, «was immer das war, es war hier, als es nicht mehr geregnet hat und bevor du aus dem Haus gegangen bist. Also vor zwei, drei Stunden. Es ist längst weg.»

«Ich lasse Stu nicht mehr raus.»

«Das würde ich auch empfehlen.»

«Aber was soll ich tun?», fragte Clemmie. «Ich kann doch nicht im Haus sitzen und darauf warten, dass dieses … dieses Vieh zurückkommt.»

«Nur die Ruhe», sagte ich. «Jake kann sich darum kümmern. Er soll den Hund verscheuchen. Oder ihn mit bloßen Händen erwürgen.»

Ich wartete auf das *Bimm* der Glocke, doch es kam nicht. Clemmie sagte nur «Hm» und ging wieder zum Haus. Ich nahm die Säge und die Kette und folgte ihr. Sie blieb auf der Veranda stehen und wartete, bis ich das Werkzeug verstaut hatte. «Komm doch rein», sagte sie. «Dann kannst du Stu hallo sagen.» Sie drehte sich um und ging in die Küche. Der Inbegriff der Gastfreundschaft.

Wenigstens Stu freute sich, mich zu sehen. Er sprang auf den Küchentisch und rieb sich schnurrend an mir. Er wollte an mir hochklettern und ließ sich von mir ins Wohnzimmer tragen, wo ich ihn auf meinen alten Sessel, seinen Lieblingsplatz, setzte. Er würde wenig Verständnis dafür haben, dass er wegen Don Corleone nicht mehr hinaus durfte, aber das war nicht zu ändern.

Clemmie stand in der Küchentür und sah uns zu. «Sieh dich an», sagte sie. «Du bist schmutzig.»

«Ja, ich hab da draußen ein bisschen Arbeit für dich erledigt», sagte ich. «Da wird man schmutzig. Tut mir wirklich leid. Es war richtig schmutzige Arbeit. Aber gern geschehen.» Wieder wartete ich auf die Glocke, aber stattdessen sagte Clemmie: «Willst du vielleicht duschen?» *Duschen?* Ich wusste, wie schnell Clemmie umschalten konnte, aber das stellte alles in den Schatten.

«Äh, nein, danke», sagte ich. «Ich bin eigentlich im Dienst. Sag Jake, er kann den Rest erledigen. Er darf meine Säge benutzen und den Stamm zu Feuerholz machen.»

Clemmie stand noch immer in der Tür und sah mich an. «Jake?», sagte sie. «Den hab ich seit einer Woche nicht gesehen.»

Paul wollte, dass wir unserer Mutter Addisons Angebot gemeinsam unterbreiteten. Es ging ihr nicht gut. Man konnte sich mit ihr unterhalten, und dann sagte man etwas, und auf einmal kam von ihr gar nichts mehr. Sie reagierte nicht. Von einer Sekunde auf die andere war sie ganz woanders. Sie sah aus dem Fenster oder an die Wand, mit unbewegtem Gesicht, lebendig, aber nicht mehr da. Sie war irgendwo tief in sich drinnen, als wäre sie ins Haus gegangen und hätte alle Türen und Fenster verriegelt und die Vorhänge zugezogen.

Sie war überzeugt, dass unser Vater sie besuchte. Sie sprach jeden Tag mit ihm, oft mehrmals täglich. Hin und wieder sprach sie auch mit anderen Leuten. Das war irgendwie noch verrückter. Einmal war Paul bei ihr, und sie unterhielten sich angeregt, bis er nach einer halben Stunde merkte, dass sie die ganze Zeit dachte, er sei Präsident Lyndon B. Johnson.

Es erforderte daher etwas Fingerspitzengefühl, irgendwelche Dinge aus der wirklichen Welt mit ihr zu besprechen. Ich meine, man musste den richtigen Zeitpunkt abpassen. Man musste es berechnen. Aber man konnte es nicht berechnen.

«Es ist eine gute Lösung», sagte Paul zu ihr. Er meinte Addisons Angebot. Wir saßen in ihrer Küche.

«Lösung für was?», sagte Mom.

«Ach komm», sagte Paul. «Du weißt genau, für was. Für die Frage, wo du wohnen wirst – irgendwann. Nicht jetzt, aber irgendwann. Addisons Angebot ist eine gute Lösung. Ein großzügiges Angebot.»

«Papperlapapp», sagte Mom. «Er will bloß jemanden, der für ihn kocht und ihm die Flasche reicht.»

«Das könnte er auch haben, ohne dich einzuladen», sagte ich.

«Es ist ein großzügiges Angebot», wiederholte Paul.

Unsere Mutter wandte sich zu mir. «Was hältst du davon?», fragte sie mich.

«Paul hat recht», sagte ich. «Und außerdem hast du gar keine andere Wahl.»

«Weil du alles andere nicht willst», schlug Paul in dieselbe Kerbe. «Du willst nicht zu Wendy und mir ziehen. Steep Mountain kommt für dich auch nicht in Frage. Du hast keine Optionen. Addison ist die einzige.»

«Schämt ihr euch nicht?», sagte unsere Mutter. Sie wirkte ziemlich zufrieden. «Eine alte, hilflose Frau so in die Zange zu nehmen?»

Paul stand auf. Ich stand auf.

«Dann können wir Addison also sagen, dass du es dir überlegst?», fragte Paul sie. «Noch einmal: Wir reden hier nicht von bald, sondern von irgendwann.»

(Mit «irgendwann» meinte Paul: spätestens nächste Woche. Das verstand sie. Das verstanden wir alle.)

«Mom?», sagte Paul.

«Meinetwegen», sagte Mom. «Aber ich weiß nicht, was Brad dazu sagen wird.»

Paul stieg nur zu gern auf dieses Spiel ein. «Dad?», sagte er. «Er kannte Addison. Sie waren doch befreundet, oder? Ich meine: Sie *sind* befreundet. Sie sind Freunde, Dad und Addison. Und wenn du zu ihm ziehst, werden sie sich öfter sehen. Sie können zusammen herumhängen und viel Spaß miteinander haben.»

Unsere Mutter sah ihn mit zusammengekniffenen Augen an. «Herumhängen?»

«Ja», sagte Paul. «Dad und Addison.»

«Ich dachte, ich bin hier die Verrückte», sagte Mom. «Nicht du.»

«Egal», sagte Paul. «Keine Sorge. Dad wird nichts dagegen haben.»

Unsere Mutter sah uns an und lächelte leicht.

«Ach nein?», sagte sie.

KLICK

Den hab ich seit einer Woche nicht gesehen, hatte Clemmie gesagt.

Wie ich bald feststellte, hatte auch niemand anders Jake gesehen. Jake hatte uns verlassen, und zwar ziemlich überstürzt. Der arme Kerl hatte nicht mal genug Zeit gehabt, seine Blutdruckpillen und den neuen Cowboyhut einzupacken. Jake war weg.

Und wenn er weg war, hieß das, dass Cola und die anderen ihn in die Mangel genommen hatten, wie Cola es versprochen hatte. Und das wiederum hieß, dass ich mich demnächst ebenfalls an die Arbeit würde machen müssen. Cola kannte die Regeln. Er, Homer und Wingate hatten, wie es aussah, etwas für mich getan. Jetzt war ich an der Reihe, etwas für sie zu tun: Aber zuvor musste ich mich vergewissern.

Colas Werkstatt in Dead River war geschlossen, und so fuhr ich zu der Jagdhütte am Mount Nebo. Es war Nachmittag, als ich dort ankam. Cola, Homer und Wingate waren da. Homer legte auf dem großen Tisch eine Patience. Cola half ihm.

«Da ist eine rote Drei», sagte Cola.

«Das sehe ich», sagte Homer.

«Und diese Königsreihe da könntest du verschieben», sagte Cola.

«Könnte ich», sagte Homer.

«Warum tust du's dann nicht?»

Homer legte das Kartendeck hin. «Willst du weitermachen?», fragte er Cola.

«Ich meine ja nur», sagte Cola.

«Nein, komm», sagte Homer. «Komm, setz dich. Zeig uns, wie man das macht.»

«Ach, leck mich doch», sagte Cola.

«Leute?», sagte Wingate.

«Ich hab gehört, Jake Stout hat die Stadt verlassen», sagte ich.

«Das hab ich auch gehört», sagte Cola. «Komisch – vor ein paar Tagen erst war er hier.»

«Letzten Dienstag», sagte Homer.

«Nein, Mittwoch», sagte Cola. «Am Dienstag war ich nicht da.»

«Dienstag», sagte Homer.

«Leute?», sagte Wingate.

«Jedenfalls», sagte Cola, «hat Rip Jake eingeladen. Jake war noch nie hier oben.»

«Sein Vater war oft hier», sagte Wingate. «Der ist oft mit uns hier gewesen. Billy Stout. Ja, der war oft hier.»

«Jake war geschmeichelt», sagte Homer.

«Jedenfalls eine Zeitlang», sagte Cola.

«Später dann nicht mehr so», sagte Homer.

«Er war geschmeichelt, obwohl es bloß eine Jagdhütte ist», sagte Cola, «und es gar nichts zu jagen gibt. Jetzt ist ja noch Schonzeit.»

«Na ja, typisch Jake», sagte Homer. «Wir spielen Hockey, und er kommt mit einem Baseballschläger.»

«Die Jagd auf Truthähne beginnt erst nächste Woche», sagte Cola.

«Das ist doch keine Jagd», sagte Wingate. Wingate war vom alten Schlag: Die einzige Jagd, die diesen Namen verdiente, war die Hirschjagd.

«Wir haben was getrunken», sagte Cola, «und dann sind wir

zur Sache gekommen. Rip hat dem jungen Mann alles erklärt. Die Situation.»

«Und zwar so, dass sogar Jake es verstanden hat», sagte Homer.

«Er hat ihm erklärt, worum es geht. Dass er mit deiner Frau rummacht», sagte Cola.

«Dass dir das nicht gefällt», sagte Homer.

«Dass *uns* das nicht gefällt», sagte Wingate.

«Und dass er damit aufhören soll», sagte Cola.

«Jake hat alles abgestritten», sagte Homer.

«Und gesagt, wir sollen uns um unsere eigenen Angelegenheiten kümmern», sagte Cola.

«Wir haben ihm gesagt, dass es unsere Angelegenheit *ist*», sagte Wingate.

«Und dass er sich mit seinen Lügengeschichten keinen Gefallen tut», sagte Cola. «Und dass er damit aufhören und sich auf die Situation konzentrieren soll.»

«Konzentrieren», sagte Homer.

«Und dann haben wir ihm erklärt, was passieren könnte, wenn er das nicht tut», sagte Wingate.

«Eigentlich schon ein bisschen mehr als erklärt», sagte Cola.

«Eher demonstriert», sagte Homer.

Cola stand auf und suchte etwas unter einem der Betten hervor. Er kam mit einem abgewetzten schwarzen Lederköfferchen zurück. Es war nicht besonders groß – wie für eine Flöte etwa. Er legte es auf den Tisch.

«Gramps alter Ochsenmacher», sagte Cola. Er klappte das Köfferchen auf: In einem Bett aus fadenscheinigem Samt lag etwas, das auf den ersten Blick wie eine Spezialzange aus einer Schmiede oder so aussah. Ihre Backen stießen erst am äußersten Ende zusammen und bildeten einen Ring. Das Instrument bestand aus poliertem, schimmerndem Stahl. Auf einem Messing-schild auf der Innenseite des Kofferdeckels stand

QUACKENBUSCH KASTRATIONSZANGE

«Der gute alte Knipser», sagte Wingate.

Colas Großvater war hier im Tal Tierarzt gewesen. Wenn man heute Tierarzt ist, hat man viel mit Hunden und Katzen und allerlei Nagetieren, Kaninchen, Frettchen, Schildkröten, Vögeln und Lamas zu tun, aber damals, zu den Zeiten von Colas Großvater, als es hier noch viele Bauern gab, behandelte ein Tierarzt hauptsächlich Pferde und Rinder. Mit der Quacken-busch-Zange kastrierte man Stierkälber. Cola sagte, sein Groß-vater habe sie «Ochsenzange» oder «Ochsenmacher» oder ein-fach «Knipser» genannt. Die Backen der Zange zerquetschten die Adern, die zu den Hoden des Stiers führten, so dass die Blutzufuhr dauerhaft unterbrochen wurde, und binnen kurzem schrumpften die Hoden, verkümmerten und verschwanden schließlich ganz. Kein Schnitt, keine Verletzung, kein Infek-tionsrisiko. Außerdem war die Prozedur angeblich schmerz-los, obwohl ich nicht weiß, ob die Stierkälber das glaubten. Ich möchte jedenfalls wetten, dass Jake es nicht glaubte, als er das Instrument auf dem Tisch in Colas Jagdhütte musterte.

Man sah gleich, dass die Quackenbusch-Zange ein sehr praktisches, wohlüberlegtes Ding war. Irgendwie großartig – bis man daran dachte, wozu es eigentlich diente. Dann schlug man die Beine übereinander und versuchte, an etwas anderes zu den-ken. Ich klappte das Köfferchen zu.

«Wollt ihr damit sagen, dass ihr Jake kastriert habt?», fragte ich.

«Um Gottes willen, nein», sagte Homer.

«Das würden wir nie tun», sagte Cola.

«Jake war sich da vielleicht nicht ganz sicher», sagte Wingate.

«Was habt ihr mit ihm gemacht?», fragte ich.

«Nichts», sagte Homer.

«Nicht viel», sagte Cola.

«Wir haben ihm bloß den Ochsenmacher gezeigt», sagte Homer.

«Als eine mögliche Lösung für die Situation, über die wir gesprochen hatten», sagte Wingate.

«Die Situation mit deiner Frau», sagte Homer.

«Jake fand auch, das sei eine mögliche Lösung», sagte Cola.

«Da war er schon nicht mehr so geschmeichelt», sagte Homer.

«Aber er hat sich sehr gut konzentriert», sagte Cola.

«Wir hatten seine Aufmerksamkeit», sagte Homer.

«Aber er war sich vielleicht noch nicht ganz sicher, ob wir es wirklich durchziehen würden», sagte Cola.

«Mit dem Knipser», sagte Homer.

«Darum haben wir ihm auch das andere Ding gezeigt», sagte Cola.

«Was für ein anderes Ding?», fragte ich.

«Da drüben.» Wingate zeigte mit dem Kinn auf das Waschbecken. Ich sah hin und verstand nichts. «Was?», fragte ich.

«Am Fenster», sagte Wingate.

«Du musst näher rangehen», sagte Cola.

Ich ging zum Waschbecken. Darüber war ein Fenster, und auf dem Fensterbrett stand ein Glas mit einer trüben Flüssigkeit, in der etwas schwamm: ein weißer Ball, so groß wie ein Golf- oder Tischtennisball – oder wie ein Solei.

«Was ist das?», fragte ich.

«Dreh es um», sagte Wingate.

Ich drehte das Glas, so dass ich die andere Seite des Eis sehen konnte. Es war kein Ei. Auch kein Golfball. Oder ein Tischtennisball.

«Du meine Güte», sagte ich.

«Genau», sagte Wingate. «Wie es in der Bibel steht: ‹Wenn dich dein rechtes Auge ärgert, so reiße es dir heraus.›»

«Ist das von Nelson?», fragte ich sie.

«Dasselbe hat Jake auch gefragt», sagte Cola.

«Was hat er denn gedacht?», sagte Homer.

«Jake war sich jetzt ganz sicher», sagte Cola. «Er hatte zum Glauben gefunden.»

«Und war voll konzentriert», sagte Homer.

«Dann», sagte Wingate, «haben wir ihm gesagt, dass die Ochsenzange eine mögliche Lösung für das Problem ist, das wir besprochen hatten. Aber nicht unbedingt die Einzige.»

«Jake hat sich gefreut, das zu hören», sagte Homer.

«Er war sehr interessiert», sagte Cola. «Er war … er war bereit, mehr zu hören. Wie sagt man noch?»

«Aufnahmefähig», sagte Wingate.

«Jake war aufnahmefähig», sagte Cola.

«Jedenfalls», sagte Wingate, «hat Jake dann beschlossen, auf Reisen zu gehen. Sich das Land anzusehen.»

«Sein Glück zu suchen», sagte Homer.

«Und erfreulicherweise konnten wir ihm einen Plan anbieten», sagte Cola.

«Eine Paketlösung sozusagen», sagte Homer.

«Jake ist in Florida», sagte Cola. «Er arbeitet da für einen Cousin von mir.»

«Repariert Boote», sagte Homer.

«Müssen die danach auch noch schwimmen können?», fragte ich.

«Ha», sagte Wingate. «Gute Frage, aber nicht unsere Sorge.»

«Er ist ziemlich schnell abgereist, oder?», sagte ich.

«Ziemlich schnell», sagte Homer.

«Diese Ochsenzange», sagte Cola, «macht *klick*, wenn man zudrückt.»

«Nur ein kleines *Klick*», sagte Homer.

«Das haben wir Jake auch erzählt», sagte Cola.

«Colas Cousin sagt, Jake hat es in neunzehn Stunden nach West Palm geschafft», sagte Homer. «Das muss ein neuer Rekord sein. Er hat nicht mal zum Pinkeln gehalten.»

«Er hat in eine Milchflasche gepinkelt», sagte Cola. «Ist nicht mal rechts rangefahren.»

«Wir haben ihm hundert Dollar für Benzin und Proviant geschenkt, damit er schneller in den Süden kommt», sagte Wingate.

«Das übernehme ich», sagte ich. «Ist ja nur recht und billig.»

«Anständig von dir, dass du es so siehst», sagte Homer.

«Ich hab gerade keine hundert Dollar dabei», sagte ich. «Aber ich zahle.»

«Das wissen wir», sagte Wingate.

«Aber dieses Ding von Nelson muss weg», sagte ich. «Okay? Das braucht hier nicht herumzustehen. Ist ja ekelhaft.»

«Alles zu seiner Zeit», sagte Wingate. «Wir lassen es verschwinden. Verlass dich drauf. Aber da wir gerade davon reden: Du musst jetzt auch was verschwinden lassen, stimmt's? Nicht dass wir dich drängen wollen.»

«Darf ich mal was fragen?», sagte ich.

«Klar», sagte Cola.

«Habt ihr das Ding jemals eingesetzt? Den Knipser?»

«Jemals?», fragte Cola. «Du meinst, in all den Jahren, die es diese Hütte schon gibt?»

«Habt ihr es je eingesetzt?»

«In all den Jahren?», sagte Cola. «Das weiß ich nicht. So lange bin ich noch nicht dabei. Frag Rip.»

«In all den Jahren, die wir das schon tun – uns um Situationen kümmern?», sagte Wingate. «Hm, das ist eine verdammt lange Zeit.»

«Bei dem Prescott-Jungen», sagte Homer. «Da haben wir die Zange benutzt.»

«Haben wir nicht», sagte Cola. «Brauchten wir gar nicht. Er hat das Licht des Herrn gesehen, genau wie Jake.»

«Er hat das Klicken gehört», sagte Homer, «und *dann* hat er das Licht des Herrn gesehen.»

«Stimmt nicht», sagte Cola.

«Du hast doch gerade gesagt, dass du es nicht weißt», sagte Homer zu ihm. «Dass du zu jung bist. Hast du selbst gesagt.»

«Aber ich erinnere mich an Andy Prescott», sagte Cola. «Bei ihm haben wir sie nicht benutzt.»

«Nur zum Klicken», sagte Homer.

«Leute?», sagte Wingate.

KNACKPUNKT UND ANMACHE

Deputy Gilfeather war auf Patrouille in West Cardiff, ziemlich weit draußen in der Pampa, als sie unsere Mutter in Bademantel und Hausschuhen an der Straße entlanggehen sah. Sie hielt an und fragte Mom, ob alles in Ordnung sei. Mom sagte, selbstverständlich sei alles in Ordnung; sie sei auf dem Weg zur Arbeit. Deputy Gilfeather fragte sie, wo sie arbeite, und Mom sagte, bei den DeJonges. Das sagte Deputy Gilfeather gar nichts. Es war über dreißig Jahre her, dass Mom bei Mr. und Mrs. DeJonge gearbeitet hatte, und die Bar war schon gut halb so lange geschlossen. Deputy Gilfeather kannte unsere Mutter nicht und stellte fest, dass die Frau, die sich weigerte, ihren Namen zu nennen, weder Papiere noch Geld, Schlüssel oder andere persönliche Gegenstände bei sich hatte. Sie lud Mom ein, in den Streifenwagen zu steigen und sich zum Sheriffbüro fahren zu lassen. Mit demonstrativer Langmut und einem bedeutungsvollen Blick auf Deputy Gilfeathers Dienstpistole erklärte Mom sich einverstanden.

Und jetzt saßen wir drei an meinem Schreibtisch und tranken Kaffee.

«Du hast gedacht, du arbeitest noch immer bei den DeJonges?», fragte ich Mom.

«Bei den DeJonges? Lachhaft», sagte Mom.

«Allerdings», sagte ich. «Aber das hast du Deputy Gilfeather gesagt.»

«Papperlapapp», sagte Mom. «Ich habe nichts dergleichen gesagt.»

In letzter Zeit war es, als wäre Moms Kopf in vier, fünf Räume oder Kammern unterteilt wie ein großes altes Haus, aus dem man Eigentumswohnungen gemacht hat. Da war der Raum meines längst toten Vaters. Da war der Raum, in dem Leute wie Präsident Johnson wohnten. Einen Raum teilten sich Dirk und Margit DeJonge mit anderen Menschen aus Moms Vergangenheit. Und im vierten schließlich lebte der Rest von uns und konnte von Zeit zu Zeit, wenn Mom danach war, besucht werden. Die Verbindungstüren zwischen diesen Räumen waren immer fest verschlossen. Wenn unsere Mutter sich in einem davon aufhielt, waren die anderen unwichtig – vielleicht existierten sie nicht mal. Und sie ging zwischen ihnen hin und her und erlebte Dinge, von denen wir nichts ahnten.

«Tut mir leid, dass ich Sie nicht erkannt habe, Misses Wing», sagte Deputy Gilfeather zu Mom. «Jetzt, wo ich Sie beide vor mir habe, sehe ich die Ähnlichkeit.»

«Unsinn», sagte Mom.

«Ich habe angeblich mehr Ähnlichkeit mit meinem Vater», sagte ich.

«Papperlapapp», sagte Mom. «Du siehst deinem Vater überhaupt nicht ähnlich.»

Ich fuhr unsere Mutter nach Hause. Sie erkundigte sich nach Deputy Gilfeather.

«Die hat mir gefallen», sagte sie. «Eine gute, bodenständige Frau. Gute Manieren. Und sie sieht gut aus – auf ihre Art. Ich meine, bis auf ihre Größe. Sie ist wirklich viel zu groß, findest du nicht auch?»

«Zu groß für was?»

«Um wirklich gut auszusehen. Aber wahrscheinlich ist ihr das egal. Hast du nicht gesagt, sie war bei der Army?»

«Bei den Marines.»

«Tatsächlich? Daran kann ich mich nicht gewöhnen.»

«An was?»

«An Soldatinnen», sagte Mom. «An Frauen in Kampfanzügen. Sie ist auch nicht der Typ.»

«Was für ein Typ wäre das?», sagte ich. Jetzt wurde es lustig.

«Na ja, du weißt schon», sagte sie. «Die weibliche Ausgabe eines Soldaten. Der soldatische Typ eben. Ist sie nicht, oder?»

«Ich weiß nicht, was du meinst.»

«Doch, das weißt du. Das weißt du ganz genau. Und, ist sie das?»

«Ich hab sie nicht gefragt.»

«Sie ist es nicht», sagte Mom. «Jedenfalls nicht ganz.»

«Nicht ganz?»

«Nein», sagte Mom. «Zum Beispiel mag sie dich. Das habe ich gemerkt.»

«Ach, tatsächlich? Und diese Einschätzung beruht auf deiner reichen Erfahrung in diesen Dingen, oder?»

«Papperlapapp», sagte Mom.

Als wir angekommen waren, hielt ich vor der Hintertreppe. Mom öffnete die Tür und wollte aussteigen, aber ich sagte: «Moment.» Sie ließ sich wieder zurücksinken und hielt die Tür mit der rechten Hand auf. Wir saßen da und sahen geradeaus oder nach rechts und links zum Fenster hinaus – wir vermieden es, einander anzusehen.

«Diese Sache heute», sagte ich.

«Was ist damit?»

«Das war nicht irgendeine Kleinigkeit.»

Mom nickte.

«Das war eine Bombe.»

Mom nickte.

«Ein Knackpunkt», sagte ich.

Mom sagte nichts.

«Du weißt, was Paul sagen wird.»

«Ich weiß», sagte Mom.

«Jetzt ist es so weit», sagte Paul. «Es muss etwas geschehen. Sie muss etwas tun. Sie kann nicht mehr allein leben.»

Wir waren bei Addison zusammengekommen. Sogar Wendy war da, sagte aber nicht viel.

«Dass sie diesmal an der Straße entlanggegangen ist, war reines Glück», sagte Paul. «Das nächste Mal läuft sie vielleicht in den Wald und verirrt sich. Im Winter. Sie könnte sterben. Nein, sie kann nicht mehr allein leben, das steht fest. Stellt euch das doch bloß mal vor. Was sollen wir tun – sie an die Kette legen? Wie einen Hund?»

«Nein», sagte ich.

«Oder sollen wir ihr eins von diesen elektronischen Dingern anlegen, als wäre sie ein Verbrecher? Wie heißen die noch?»

«Elektronische Fußfessel», sagte ich. «Nein.»

«Also was dann?», sagte Paul. «Ich bin noch immer für Steep Mountain. Ihr hat es gefallen.»

«*Dir* hat es gefallen», sagte Clemmie. «Sie fand es grässlich.»

«Was dann?», sagte Paul. «Sag du es mir.»

«Du bist dran», sagte ich. «Sie zieht zu euch. Ihr richtet ihr ein Zimmer ein. Ganz einfach. Ich helfe euch. Wir montieren ein paar Haltegriffe im Badezimmer, ein paar Nachtlichter. Vielleicht einen Treppenlift. Da ist nicht viel dabei.»

Paul sah Wendy an. Wendy sagte nicht viel. Sie sagte nur: «Nein.»

«Siehst du?», sagte Paul.

Addison stellte sein Glas ab. «Ihr macht alles viel komplizierter, als es sein müsste», sagte er. «Ich sage doch: Bringt sie her. Sie soll hier wohnen. Ich passe auf sie auf.»

«Du kannst nicht die ganze Zeit auf sie aufpassen», sagte Paul. «Wie soll das gehen?»

«Wenn sie hier ist, passe ich auf sie auf», sagte Addison.

«Außerdem wird sie nicht wollen», sagte Paul. «Das hat sie ja schon gesagt.»

«Nein, hat sie nicht», sagte ich. «Nicht direkt.»

«Überhaupt nicht», sagte Clemmie.

«Spielt keine Rolle», sagte Addison und nippte an seinem Johnnie W. «Was sie will oder nicht will, spielt keine Rolle. Steht alles in der Bibel: ‹Als du jung warest, gürtetest du dich selbst und wandeltest, wo du hinwolltest. Wenn du aber alt wirst, so wirst du deine Hände ausstrecken, und ein anderer wird dich gürten und führen, wo du nicht hinwillst.›»

Addison zitierte gern die Bibel, auch wenn er vermutlich seit seiner Hochzeit mit Clemmies Mutter keine Kirche von innen gesehen hatte – eine Verbindung, die einem vor Augen führte, dass Bibel und Gebetbuch nicht immer Garanten einer glücklichen Ehe waren.

«Habt ihr gehört?», sagte Addison. «‹Ein anderer wird dich gürten.› Überlasst eure Mutter mir. Ich werde sie gürten. Ihr werdet sehen. Ich werde sie so was von gürten.»

Deputy Gilfeather klopfte leise an die Tür meines Büros. Ich saß am Schreibtisch und hatte die Lampe eingeschaltet. Es war schon nach neun.

«Kommen Sie rein, Deputy», sagte ich. «Warum sind Sie noch da?»

«Walters Frau hat sich ausgesperrt, und er ist schnell nach

Hause gefahren, um ihr aufzuschließen. Ich hab ihm gesagt, ich vertrete ihn. Er ist gleich wieder da.»

«Okay», sagte ich.

Deputy Gilfeather trat ein und schloss die Tür. Sie sagte: «Sheriff?»

«Deputy?»

«Haben Sie kurz Zeit? Ich will Ihnen nicht auf die Nerven fallen.»

Oje, dachte ich und sagte: «Natürlich habe ich Zeit. Setzen Sie sich. Was haben Sie auf dem Herzen?»

Sie ging zu dem Stuhl auf der anderen Seite des Schreibtischs und setzte sich steif auf die Armlehne.

«Ich habe über Ihre Mutter nachgedacht, wegen neulich», sagte sie. «Die arme Frau.»

«Ja», sagte ich.

«Ist das Alzheimer?»

«So hat es keiner genannt. Noch nicht jedenfalls. Sie ist relativ jung für Alzheimer, würde ich sagen. Aber da ist etwas.»

«Die arme, arme Frau», sagte Deputy Gilfeather. «Bei meinem Großvater war es dasselbe. Es wirkt sich auf die ganze Familie aus. Es verändert alles.»

«Ja», sagte ich.

«Das ist sehr schwer. Für Ihre Mutter. Und für Sie auch. Sehr schwer.»

«Danke, Deputy», sagte ich. «Sie haben recht. Es ist für uns alle schwer.»

«Aber für Sie besonders», sagte Deputy Gilfeather. «Wegen … diesem und jenem. Ich weiß, dass es bei Ihnen zu Hause gerade nicht so gut läuft.»

«Bei mir zu Hause läuft es prima, solange ich nicht da bin», sagte ich.

«Tut mir leid, Sheriff», sagte sie. «Ich weiß, dass ich Ihnen zu nahe trete.»

«Ganz und gar nicht.»

«Aber ich sehe ja, dass Sie hier leben, in Ihrem Büro. Sie schlafen auf dem Sofa.»

«Das ist nicht so schlimm. Außerdem – was soll ich machen? Ich habe ja kein Bett.»

«Aber ich», sagte Deputy Gilfeather.

Ich blinzelte. Sie hockte auf der Armlehne, sah mich an und zog die linke Augenbraue ein paar Millimeter höher.

«Wie bitte?»

«Sie haben mich gehört.»

«Dep…», begann ich und musste mich räuspern. «Deputy Gilfeather, ich empfehle Ihnen, im Handbuch für Vermonter Deputys das Kapitel ‹Regeln› zu lesen, insbesondere Paragraph siebenundzwanzig, Absatz drei: ‹Es ist verboten, den Boss anzumachen.›»

«Wir wissen beide, dass es so ein Handbuch nicht gibt, Sheriff.»

«Aber wir wissen auch, wenn es eins gäbe, würde dieser Satz auf der ersten Seite stehen, Deputy.»

Da saßen wir also.

«Ich dachte, Sie wollten kündigen», sagte ich.

«Niemals», sagte Deputy Gilfeather.

Zwei Gedanken gingen mir durch den Kopf: Unsere Mutter hatte recht. Und ich war gerade von meinem eigenen Deputy angemacht worden. *Und* ich war gerade von einem Lance Corporal angemacht worden. Ich weiß: Das sind drei Gedanken.

Es klopfte an der Tür. Walter, der Nachtfunker, war zurück. Er grinste und schüttelte den Kopf.

«Hallo, Sheriff», sagte er. «Danke, dass du für mich eingesprungen bist, Livy. Könnt ihr euch das vorstellen: Die Tür war nicht mal abgeschlossen. Betty ist nicht reingekommen, weil sie nicht daran gedacht hat, den Knauf zu drehen. Ist das zu fassen?»

DER HOCHSITZ

Dwight Farrabaugh saß auf einer Bank gegenüber dem College-gebäude und sah den Dartmouth-Studentinnen zu, die auf der breiten Grünfläche die warme Oktobersonne genossen. Frische junge Gesichter, straffe Haut in allen Farbtönen, frischgewaschenes Haar, frischgewaschene Kleider.

«Nicht übel», sagte Dwight. «Gar nicht übel. Ich wollte, ich wäre aufs College gegangen.»

«Warum hast du nicht studiert?»

«Weiß ich auch nicht», sagte Dwight. «Möglicherweise gab's zu Hause gewisse finanzielle Engpässe. Und du?»

«Hat mich nicht interessiert.»

«Was hat denn Interesse damit zu tun?»

«Eine ganze Menge, finde ich. Wenn man studiert, muss man die ganze Zeit lesen. Man muss ständig die Nase in Bücher stecken. Vier Jahre lang oder so. Da hilft es, wenn man sich dafür interessiert.»

«Wer sagt denn was von lesen?» Dwight betrachtete die Studentinnen. Es waren auch ein paar Studenten zu sehen, ebenfalls frischgewaschen, wenn auch nicht ganz so. «Nein, wirklich, gar nicht übel», sagte er. «Eine schöne Kindheit.»

«Das sind Studenten», sagte ich, «keine Kinder.»

«Doch, sind sie», sagte Dwight.

«Kannst du sie mal für einen Moment aus den Augen lassen und mir sagen, was so eilig ist, dass ich mit Sirene und voller Einsatzbeleuchtung herkommen musste? Ich soll dir doch bestimmt nicht beim Beäugen helfen, oder?»

«Nein, das nicht.»

«Was dann?»

«Es wird dir nicht gefallen», sagte Dwight.

«Es gefällt mir schon jetzt nicht. Was ist los?»

«Dein Freund Mister Roark.»

«Der Vorsitzende Steve?», sagte ich. «Okay, was ist mit ihm?»

«Ich hab ihn unterschätzt.»

Ich sah Dwight an. «Oh-oh», sagte ich.

«Genau: Oh-oh.» Dwight schüttelte den Kopf. «Neulich, beim Corral, habe ich noch gesagt, dass ich dir Roarks Hunde ein paar Wochen vom Hals halten kann. Kann ich aber nicht. Habe ich nicht. Die Hunde sind von der Leine.»

«Was meinst du damit?»

«Da ist ein Typ namens Vinny Sutton vom Büro des Generalstaatsanwalts», sagte Dwight. «Vinny ist Ermittler. Ihr Spitzenmann, eine Legende. Sie geben ihm nur die schwierigsten Fälle, und er kriegt immer einen Schuldspruch. Immer. Vinny schlägt nichts als Home Runs.»

Ich schwieg.

«Ich dachte, Roark würde uns ein Team zusammenstellen lassen, das die Vorfälle bei euch untersuchen sollte. Du weißt schon: wo einer irgendwelche Kotzbrocken durch die Mangel gedreht hat.»

«Ich glaube, ich weiß, welche Vorfälle du meinst.»

«Ich hätte nie gedacht, dass man Vinny mit dieser Untersuchung betrauen würde», sagte Dwight. «Dahinter steckt Roark. Seine Freunde sind hohe Tiere und helfen ihm. Ich dachte, Roark würde seine Kommission kriegen, und die würde dann mit allen möglichen Leuten aus allen möglichen Behörden besetzt sein, so dass ich sie im Kreis herumscheuchen könnte und sie bloß ihrem eigenen Schwanz nachjagen würden. Und schließlich würden sie die Ermittlungen ergebnislos einstellen. Aber mit Vinny wird das nicht passieren. Vinny konzentriert sich.»

«Okay», sagte ich. «Wann fängt er an?»

«Er hat schon angefangen. Eigentlich ist er schon fast fertig.»

«Und das heißt?»

Dwight zog ein kleines Notizbuch hervor, klappte es auf und blätterte darin.

«Vinny hat getan, was jeder gute Ermittler tun würde», sagte Dwight. «Er hat sich alle, mit denen du gesprochen hattest, noch mal vorgeknöpft. Ziemlich bald war er bei Carla Simpkins, der Freundin von dem Kerl, der sein Auge verloren hat.»

«Butterfield. Nelson Butterfield.»

«Vinny hat Carla die Daumenschrauben angelegt», sagte Dwight. «Er und Roark waren zusammen bei ihr. Haben sie von beiden Seiten bearbeitet. Es hat bestimmt nicht lange gedauert. Sie haben sie gefragt, was in der Nacht passiert ist. Vinny hat das Verhör geführt. Er hat durchblicken lassen, dass er glaubt, nein, dass er *weiß*, dass alles, was sie dir gesagt hat, totaler Blödsinn ist – auch das ist aus dem Grundkurs Verhörtechnik.»

«Was hat sie ihm gesagt?»

«Was hat sie dir gesagt?»

«Sie hat gesagt, dass es nur einer war, ein großer Kerl in den Dreißigern oder Vierzigern, der eine Maske trug. Er hat Nelson sofort niedergeschlagen, ihn weiter bearbeitet und ihm ins Gesicht getreten, wobei Nelson das Auge verloren hat, und ihn dann raus in die Nacht geschleift. Soweit ihre Aussage.»

«Das war das, was sie dir gesagt hat», sagte Dwight. «Vinny und Roark hat sie was ganz anderes erzählt.»

«Was denn?»

Dwight blätterte in seinem Notizbuch. Er sah mich an. «Drei

Typen», sagte er. «Zwei ältere, der eine davon ein bisschen behindert. Ein jüngerer, aber kein Jugendlicher. Keine Masken. Keine Schlägerei, jedenfalls nicht dort. Butterfield ist freiwillig mitgegangen – also, vielleicht nicht freiwillig, aber er hat sich nicht gewehrt.»

«Kannte sie die Männer?»

«Einen.»

«Und?»

Dwight klappte das Notizbuch zu. «Einer der älteren Männer kam ihr bekannt vor. Sie glaubt, es war euer Hundefänger.»

Ich traf mich mit Cola in der Jagdhütte, und dann gingen wir durch den Wald zu der Stelle, die man bei uns den Obstgarten nennt. Ich war mir nicht sicher, ob ich den Obstgarten allein gefunden hätte. Man ging auf einem Forstweg ungefähr einen halben Kilometer nach Osten, und wenn man links eine alte Mauer sah, bog man für einen weiteren halben Kilometer nach Norden ab. Wenn man die Stelle erreicht hatte, war man so tief im Wald, dass man ebenso gut auf dem Neptun hätte sein können. Aber so unwahrscheinlich es auch war: Hier hatten mal Menschen gelebt. Die alte Mauer gehörte zu einem Hof. Es gab ein flaches Kellerloch, in dem eine dicke Esche stand, und in einer Ecke war ein alter, größtenteils abgestorbener Fliederbusch. Und es gab, über einen Viertelmorgen verteilt, sechs uralte Apfelbäume, gebeugt vom Gewicht ihrer toten Äste, die aber noch immer kleine, wurmzerfressene Äpfel hervorbrachten. Niemand, der alle Sinne beisammenhatte, wäre auf die Idee gekommen, einen dieser Äpfel zu essen, denn sie waren hart wie Holz. Aber die Tiere kamen, um sie zu fressen: Hirsche, Bären, Elche, Coyoten, Waschbären, Rebhühner, Truthähne – alle hatten es auf die Äpfel abgesehen. Sie kamen wegen der Äpfel, und die Jäger kamen wegen der Tiere. Der Obstgarten war kein Obstgarten, sondern eine Art Schießstand mitten im Wald.

Cola – oder vermutlich eher sein Vater oder Großvater – hatte bestimmte Bäume gefällt und das Unterholz ausgelichtet, um aus dem Wald freies Schussfeld auf den Obstgarten zu haben. Irgendjemand hatte auch drei Hochsitze gebaut, einfache Plattformen aus dicken, an den Stämmen und Ästen großer Fichten oder Ahorne befestigten Brettern. Sie lagen in drei bis fünf Metern Höhe und waren über Leitern erreichbar, die aus kurzen, an den Stamm genagelten Balkenstücken bestanden.

Der Wald, in dem der Obstgarten lag, gehörte nicht Cola. Er gehörte keinem, oder vielmehr: Er gehörte dem Staat. In der Jagdsaison konnte jeder hierherkommen und jagen, und viele taten das auch. Cola verließ sich darauf. Wir alle verließen uns darauf.

«Okay?», fragte Cola.

«Ich werde es finden», sagte ich.

«Im Dunkeln?»

«Ich glaube schon.»

«Du glaubst?»

«Ich werde es finden.»

«Ich werde eine Laterne aufhängen», sagte Cola.

«Und es soll morgen sein?», fragte ich.

«Mittwoch.»

«Mittwoch? Heute ist Montag.»

«Genau», sagte Cola. «Rip trifft sich morgen mit ihm und fragt ihn, ob er wegen dieser Butterfield-Sache mit Homer sprechen will. Homer ist nämlich in der Jagdhütte und jagt Truthähne. Rip bietet Roark an, ihn ganz früh am Mittwochmorgen zur Hütte zu fahren. Damit er mit Homer sprechen kann.»

«Und wo ist Homer in Wirklichkeit?»

«Besucht seine Tochter am anderen Ende von Vermont. Er ist seit vergangener Woche dort.»

«Das ist also wasserdicht?»

«Absolut», sagte Cola. «Großes Familientreffen. Hitchcocks jeden Alters und Geschlechts kommen zusammen und machen Fotos, viele Fotos. Zur Erinnerung. Lauter klare, scharf umrissene Erinnerungen.»

«Na dann», sagte ich.

Cola blieb stehen. Er wies mit dem Kinn nach vorn. «Hier, dachte ich», sagte er.

Wir standen am Fuß einer großen Fichte jenseits des letzten Apfelbaums. Der Hochsitz war nicht der höchste – die Plattform lag drei Meter über dem Boden –, aber der bequemste und durchdachteste. Man saß auf einem Brett, konnte das Gewehr auf einer Art Brüstung abstützen, hatte den Baumstamm im Rücken und war hinter den herabhängenden Fichtenzweigen verborgen, die so gestutzt waren, dass man einen exzellenten Blick auf einen etwa fünfzehn Meter entfernten Apfelbaum hatte. Ein Hirsch oder ein Truthahn, die nach Fallobst suchten, spazierten einem direkt vor die Flinte, ohne einen zu bemerken. Tiere sehen nicht nach oben. Darum bauen Menschen Hochsitze.

«Rip fährt ihn zur Jagdhütte», sagte Cola. «Weiter kann er nicht, wegen seiner Beine. Also übernehme ich Roark. Wo Homer ist? Oben, am Obstgarten, er jagt Truthähne. Ich kann Roark zeigen, wo. Wir gehen los. Wir kommen her. Ich führe ihn dir vor die Flinte.»

Ich nickte.

«Wir werden von da drüben kommen.» Cola zeigte auf das Kellerloch. «Ich werde vorausgehen, dicht vor ihm, damit er nichts sieht. Du bist hier oben, auf dem Hochsitz, gut versteckt.»

Jetzt zeigte Cola auf eine drei Meter vom Hochsitz entfernte Stelle.

«Genau hier», sagte Cola, «schlage ich einen Haken nach links und bringe mich aus der Schusslinie. Genau hier. Du musst bereit sein.»

Ich nickte.

Cola grinste. «Nicht vergessen: Der vordere bin ich, klar?»

«Klar.»

«Schieß nicht zu früh. Sei bereit, aber nicht *zu* bereit.»

Ich nickte.

Cola sah mich an. «Hast du das kapiert?»

«Ich hoffe es.»

«Ich auch.»

«Der Vorsitzende arbeitet jetzt mit einem Ermittler des Generalstaatsanwalts zusammen, einem ganz scharfen Hund», sagte ich zu Cola. «Was ist, wenn der auch dabei ist?»

«Tja», sagte Cola, «das weiß ich auch nicht. Aber ich würde mir keine Sorgen machen. Wenn dieser Ermittler wirklich ein wichtiger Typ aus einem Büro in Montpelier ist, liegt er um die Uhrzeit wahrscheinlich noch im Bett.»

«Irgendwie fände ich es besser, wenn es bald vorbei wäre», sagte ich. «Am liebsten morgen. Wenn es schon sein muss.» Aber Cola schüttelte den Kopf.

«Nicht zu ändern», sagte er. Er klopfte mir auf die Schulter. «Eine ruhige Hand und ein gutes Auge. Wird schon gehen. Hast du das nötige Schießeisen?»

«Ich weiß nicht», sagte ich. «Im Büro stehen ein paar im Schrank.»

«Von denen würde ich die Finger lassen», sagte Cola. «Man weiß nicht, wie sich die Dinge entwickeln. Fahr heute oder morgen zu Rip. Der stattet dich aus.»

Ich nickte.

«Hör zu», sagte Cola. «Denk nicht drüber nach, okay? Denk nicht drüber nach, kein bisschen. Und dann tu's. Okay?»

«Okay», sagte ich.

Wingate war entzückt. «Aber klar», sagte er und humpelte zur Küchentür. Die Tür stand offen. Wingate griff dahinter und holte eine alte Winchester Vorderschaftrepetierflinte mit offenem Hahn und kurzem Lauf hervor. Er brachte sie zum Küchentisch und lud sie klackend mehrmals durch. Fünf Patronen fielen heraus und landeten auf dem Tisch.

«Modell 1897», sagte Wingate. «Die alte Posaune. Ein amerikanischer Klassiker, das Model T der Schrotflinten.» Er setzte sich und betrachtete die Winchester mit Wohlgefallen. «Hast du schon mal mit so einem Ding geschossen?»

«Mit was Ähnlichem», sagte ich.

«Es gibt nichts Ähnliches», sagte Wingate. «Schlägt aus wie ein Maultier. Mann, ich weiß noch, vor vielen Jahren, als ich Deputy beim alten Sheriff Charlie Tavistock war … Charlie konnte ziemlich verrückt sein. Und das hier war seine Flinte. Eines Tages saßen er und ich bei ihm zu Hause, kann sein, dass wir ein paar Bier getrunken hatten. Wir saßen da und sahen auf Ben Doolittles Kürbisfeld auf der anderen Seite der Straße. Charlie konnte Ben nie leiden und sagte, es würde ihm Spaß machen, rüberzugehen und ein paar von Bens Kürbissen zu erledigen.»

«Die Hüter des Gesetzes – ein leuchtendes Beispiel für uns alle», sagte ich. «Der Sheriff und sein treuer Deputy: betrunken, zügellos, bis an die Zähne bewaffnet und entschlossen, fremdes Eigentum zu beschädigen. Ein erhebender Anblick.»

«Klar», sagte Wingate. «Charlie geht also rein und holt die

Flinte hier, und dann marschieren wir rüber zum Kürbisfeld. Charlie lädt durch und geht zu einem großen Kürbis. Er spannt den Hahn, legt an und drückt ab. Das Ding hat ihm einen Tritt verpasst, dass er auf dem Hintern saß. Eine Rippe war angebrochen, und zuerst dachte er, seine Schulter wäre ausgekugelt. Charlie war stinksauer und hat mir die Flinte geschenkt.»

«Und was war mit dem Kürbis?», fragte ich.

«Pulverisiert. Dieses Schätzchen ist genau das Richtige. Verlass dich drauf.»

Wingate steckte die Patronen wieder ins Magazin und schob die Waffe über den Tisch. «Pass gut darauf auf», sagte er.

«Die steht hier immer geladen herum?», fragte ich.

«Ungeladen nützt sie nicht viel, oder?»

«Wovor hast du überhaupt Angst?»

«Vor Einbrechern. Drogensüchtigen. Du weißt schon – vor irgendwelchen Typen, die Geld oder Drogen suchen.»

«Und so einen würdest du erschießen?»

«Klar», sagte Wingate. «Verdammt, Lucian – jeder, der denkt, es könnte sich lohnen, bei mir einzubrechen, ist zu dämlich für dieses Leben.»

Unsere Mutter tat, als könnte sie mit nur einem einzigen Gepäckstück zu Addison ziehen. Als Paul und ich kamen, um sie abzuholen, stand sie mit ihrem Pappkoffer in der Küche. Sie sah aus wie eine Frau, die eben von Bord eines Schiffes aus einem fernen Land gegangen war und jetzt in New York auf der Pier stand.

«Das ist alles, was du mitnimmst?», fragte ich sie. «Du weißt schon, dass das keine Übernachtungsparty ist, oder?»

Paul machte mir Zeichen, ich solle den Mund halten. «Das ist prima», sagte er. «Alles ist prima. Also los.»

Addison erwartete uns vor dem Haus. Er schüttelte unserer Mutter die Hand. «Hallo, Lorraine», sagte er. «Hallo, Lorrie.»

«Hallo, Addison», sagte Mom.

Addison trat beiseite und ließ ihr den Vortritt. Sie ging die Treppe hinauf. Wir folgten ihr. Das Zimmer, das sie beziehen sollte, war das größte Schlafzimmer. Sie steuerte direkt darauf zu. Addison schlief im Erdgeschoss, in einer Kammer neben seinem Arbeitszimmer. Wahrscheinlich hatte er es da nicht so weit zum Barschrank.

Wir sahen unserer Mutter zu, während sie das Zimmer inspizierte. Sie blickte aus den Fenstern, setzte sich auf das Bett, sah in den Schrank und warf einen Blick in das angrenzende Badezimmer. Sie öffnete die Schubladen der großen Kommode aus Walnussholz und drehte sich grinsend zu uns um.

«Gar kein Vergleich zu Steep Mountain», sagte sie.

«Findest du es gut?», sagte Paul. «Gefällt es dir?»

«Ja, es gefällt mir», sagte Mom. «Aber ich weiß nicht, was Brad sagen wird.»

Darauf war Paul vorbereitet. «Er wird sich freuen, dass du ein Zimmer für dich allein hast», sagte er.

«Ein Zimmer für mich allein», sagte unsere Mutter. «Ja. Das wird ihm gefallen.»

Sie stellte den Koffer auf das Bett, öffnete ihn und begann, ihre Sachen in die Kommode zu legen. Paul und ich sahen einander an. Der Koffer war voller Nachthemden. Er enthielt nichts anderes: Nachthemden in verschiedenen Farben und Materialien und allen möglichen Ausführungen. Mom nahm eins nach dem anderen aus dem Koffer, strich es auf dem Bett glatt und legte es in die oberste Schublade der Kommode. Ein Nachthemd nach dem anderen kam aus dem Koffer zum Vorschein. Es war wie ein Zaubertrick.

«Was ist das?», fragte ich Mom.

«Siehst du doch – Nachthemden.»

«Wozu brauchst du so viele davon?»

«Das geht dich nichts an.»

Sie legte das letzte Nachthemd in die Kommode und klappte den Koffer zu. Paul stellte ihn in den Wandschrank. Wieder sah sie sich im Zimmer um. Dann trat sie an das Fenster, das nach Westen ging.

«Seht mal», sagte sie, «man kann den Mount Nebo sehen.»

«Ist das der Mount Nebo?», fragte Paul. «Sieht ganz so aus.»

«Das wird Brad gefallen», sagte sie. «Er geht am Mount Nebo auf die Jagd.»

«Stimmt», sagte ich. «Und dann ist er in Colas Hütte.»

«Colas Hütte», sagte Mom. «Da hat er nie viel Glück gehabt. Im Gegensatz zu mir.»

«Du bist auf die Jagd gegangen?», fragte Paul. «Daran kann ich mich gar nicht erinnern.»

«Da warst du noch nicht auf der Welt», sagte sie. «Ja, ich bin auf die Jagd gegangen, das hat mir sehr gefallen. Aber ich hab meinen Hirsch geschossen, und darum hab ich dann aufgehört. Brad hat nie einen Hirsch erwischt.»

«Ja, aber die haben ihren Spaß, auch wenn sie nichts schießen», sagte Paul. «Jäger, meine ich.»

«Das stimmt», sagte Mom. «Den haben sie.» Dann sagte sie: «Ich werde mich mal für eine halbe Stunde hinlegen.»

Wir ließen sie allein. Addison fand, wir sollten etwas trinken, aber ich musste wieder ins Büro. Paul fuhr mich.

«Unsere Mutter», sagte ich zu Paul. «Das müssen fünfundzwanzig bis dreißig Nachthemden gewesen sein. Keine Kleider, keine Unterwäsche, nicht mal eine Zahnbürste. Was denkt sie sich?»

«Du hast sie doch gehört. Das ist für Dad. Sie will gut aussehen für Dad. Sie denkt, er wird sie besuchen. Und dann will sie bereit sein.»

«Oh.»

«Gestört.»

«Ja.»

«Wendy ist jetzt in ihrem Haus», sagte Paul. «Sie packt ihr ein paar Sachen zusammen und schafft sie her. Wenn sie was braucht, bringen wir es ihr. Immer sachte und eins nach dem anderen, kleiner Bruder. Okay?»

«Okay.»

«Trotzdem wär's mir lieber, sie wäre in Steep Mountain.»

«Warum?»

«Gesellschaft. Sie braucht Gesellschaft. Und die hätte sie in Steep Mountain. Ein Gestörter ist bloß ein Gestörter, aber fünfzig davon sind eine Gesellschaft.»

«Da oben jedenfalls», sagte ich.

DER TOD DES DON

«Denk nicht drüber nach», hatte Cola gesagt. Das war leichter, als man hätte meinen sollen. Unter diesen Umständen, meine ich. Etwas anderes drängte sich in den Vordergrund.

Als ich Wingate verlassen hatte und wieder im Büro war, schloss ich seine alte Flinte im Waffenschrank ein und ging nach vorn, um zu sehen, ob irgendwelche Meldungen vorlagen. Deputy Gilfeather war da. Seit unserer abendlichen Unterhaltung ein paar Tage zuvor hatten sie und ich nicht viel miteinander gesprochen. Meist war einer von uns beiden unterwegs gewesen. Das war mir ganz recht. Ich war mir unsicher, welchen Ton ich ihr gegenüber anschlagen sollte. Wo standen wir eigentlich?

Glauben Sie nicht, ich hätte nicht daran gedacht, dass mir, rein buchhalterisch betrachtet, ein Freischuss zustand – mehr als einer eigentlich. Ich meine, rein buchhalterisch, wenn ich Clemmies Bilanz mit meiner verglich. So gesehen stand mir etwas zu. Aber ich führte nicht Buch. Und außerdem war Deputy Gilfeather nicht mein Typ. Mom hatte recht: Sie war zu groß für mich.

Hinzu kam, dass ich noch immer dachte, sie werde demnächst kündigen. Sie musste gemerkt haben, dass sie hier oben versauerte. Das musste ihr inzwischen klargeworden sein. Sie würde weiterziehen. Aber sie tat es nicht.

Ich stand am Funktisch, als das Telefon läutete. Es war Clemmie, ihre Stimme war am Anschlag, fast hysterisch, und sie redete von dem Hund, dem Killerhund, von Don Corleone. Er war da, am Haus, und hatte Stu auf das Dach des Schuppens gejagt. Sobald er einen Weg hinauf gefunden hatte, würde er sich auf Stu stürzen. Oder Stu würde in Panik vom Dach springen, um sich in Sicherheit zu bringen. Aber was auch geschah – Stu war verloren. Clemmie traute sich nicht hinaus. Sie konnte nicht genau sagen, wo der Hund war, denn er umkreiste das Haus. Aber sie hatte ihn gesehen: Er war riesig und schnell, und er war da draußen, bei ihr. Was Don Corleone betraf, hatte sich Clemmies Meinung grundlegend geändert. Anfangs hatte sie bezweifelt, dass es ihn gab. Dann war sie sich nicht mehr so sicher gewesen. Inzwischen klang sie, als glaubte sie ziemlich fest an seine Existenz.

«Na, dann los», sagte Deputy Gilfeather. Wir gingen zur Tür.

Mein Pick-up war auf unserem kleinen Parkplatz, doch der Streifenwagen stand direkt vor dem Büro. Wir stiegen ein. Deputy Gilfeather schaltete Einsatzlichter und Sirene ein und trat aufs Gaspedal, und dann jagten wir aus der Stadt in Richtung Diamond Mountain.

Als wir in die Zufahrt einbogen, fiel mir ein, dass ich keine Waffe hatte. Ich trage keine und will nicht, dass welche im Streifenwagen mitgeführt werden. Im Wagen sind die meisten Waffen bloß totes Gewicht. Man vergisst, dass sie da sind, und dann werden sie schmutzig und rostig und unzuverlässig. Jetzt allerdings, da wir mit Don Corleone zu tun haben würden, hätte ich gegen eine Waffe nichts einzuwenden gehabt, aber dafür war es zu spät. Ich würde ihn eben auf andere Weise zur Vernunft bringen müssen.

Vor dem Haus war alles ruhig. Deputy Gilfeather zögerte keinen Augenblick: Der Streifenwagen verließ die Zufahrt und fuhr schlingernd und Rasenstücke aufwirbelnd zur Rückseite.

Da waren sie. Neben der Küche stand ein kleiner Holzschuppen, und auf dem Dach kauerte Stu. Der Schuppen war nicht besonders hoch, bot aber immerhin eine gewisse Sicherheit vor dem hin und her laufenden Hund.

Es war tatsächlich ein Hund, ein riesiges Tier, so groß wie ein kleines Pony, mit breitem Kopf und breiter Brust. Er hatte ein langes Maul wie ein Schäferhund oder Wolf, und die dazugehörigen Zähne. Nacken und Schultern waren wie bei einem Pitbull oder Mastiff mit starken, harten Muskeln bepackt. Am auffallendsten war aber nicht seine Größe, sondern wie dünn er war. Don Corleone war so mager, dass sich die Knochen abzeichneten. Sein Fell war grau-schwarz gestromt, und das ließ Rückgrat und Rippen noch stärker hervortreten. Er sah aus wie das lebendige, sich bewegende Röntgenbild eines Hundes, und als er vor dem Schuppen hin und her trabte, war er wie ein Boxer, der seinen Gegner in die Ecke getrieben hat und auf eine Öffnung in der Deckung lauert, um ihn endgültig fertigzumachen. Er ließ Stu da oben auf dem Dach nicht aus den Augen.

Stu hatte Nerven, das musste man ihm lassen. Er hatte sich so aufgeplustert, dass er anderthalbmal so groß wirkte als sonst, und fauchte und zischte wie eine Kobra. Seine Augen funkelten vor Angst und Wut. Don Corleone dagegen gab vom Anfang bis zum Ende unserer Begegnung keinen Laut von sich.

Als der Streifenwagen hinter dem Haus zu stehen kam, rannte der Hund in Richtung Waldrand, der keine fünfzig Meter entfernt war. Deputy Gilfeather versuchte, ihn mit dem Wagen zu verfolgen, doch die Räder sanken in dem weichen, unebenen Boden ein, und schließlich drehte das linke Hinterrad durch. Ende der Ausbaustrecke. Wir sprangen hinaus und rannten dem Hund hinterher, ich unbewaffnet vorneweg, Deputy Gilfeather dicht hinter mir.

Hinter unserem Haus, nach zwei Dritteln der Strecke bis

zum Wald, stand eine alte Feldsteinmauer. Ich hatte versucht, sie instand zu halten, und die herabgefallenen Steine wieder eingesetzt. An diesem Tag wünschte ich mir, ich wäre nicht so gewissenhaft gewesen, denn nun hatte ich nicht einen niedrigen Haufen Steine vor mir, sondern ein solides, über einen Meter hohes Stück Mauer. Don Corleone übersprang sie wie ein Pferd bei einem Hindernisrennen, ich dagegen musste stehen bleiben und hinübersteigen. Während ich das tat, holte Deputy Gilfeather mich ein und setzte über die Mauer wie eine Hürdenläuferin, in vollem Tempo, das eine Bein gestreckt, das andere angewinkelt. Sie landete und rannte weiter, und ich folgte ihr.

Als Don Corleone den Waldrand erreicht hatte, waren wir nur ein paar Meter hinter ihm. Ich dachte, wir würden ihn im Unterholz verlieren, doch unter einem großen Ahorn hielt er an und stellte sich. Der Don war genug gerannt. Zeit für den Showdown.

Deputy Gilfeather und ich blieben stehen. Der Hund duckte sich, es sah aus, als würde er sich gleich auf uns stürzen. Ich legte die rechte Hand an den Gürtel, doch da war nichts, und mir fiel wieder ein: keine Waffe. *Oh-oh*, dachte ich, doch im selben Augenblick hob Deputy Gilfeather links neben mir ihre Dienstpistole, zielte und feuerte.

Sie verschoss das ganze Magazin. Der erste Schuss ging zu hoch; wir sahen, dass die Kugel ein Stück Borke von dem Baumstamm hinter Don Corleone absprengte. Aber jeder weitere Schuss traf die linke Seite seiner Brust – Herzschüsse. Die Messinghülsen, die ihre Waffe ausspuckte, flogen mir wie ein heißer Regen um Kopf und Schultern. Ich wollte mir die Ohren zuhalten, doch da war es schon vorbei. Don Corleones Hinterbeine knickten ein, er sackte zusammen, wollte wieder hochkommen, sackte abermals zusammen und blieb liegen.

Vorsichtig näherten wir uns. Deputy Gilfeather war eine erstklassige Schützin: Man hätte die sieben oder acht Einschusslöcher in der Brust des Hundes mit einer Untertasse abdecken können. Sie sagte etwas.

«Was?», fragte ich. Ihre Pistole war einen halben Meter neben meinem linken Ohr gewesen.

«Ich hab gesagt: Sehen Sie sich an, wie groß er ist», sagte sie.

«Ich kann Sie nicht hören.»

«Groß.»

Ich nickte. «Ziemlich treffsicher, Deputy.»

«Fürs Marine Corps nicht gut genug», sagte sie. «Auf diese Entfernung? Und der Erste daneben? Keine Punkte.»

«Hat aber gereicht», sagte ich und betrachtete den toten Don Corleone.

«Tja», sagte Deputy Gilfeather, «könnte man sagen.»

Als Deputy Gilfeather und ich zum Haus zurückgingen, erwartete Clemmie uns auf der Veranda. Sie hatte Stu auf dem Arm.

«Ich habe Schüsse gehört», sagte sie. «Ist er tot?»

«Ja», sagte ich.

«Hast du ihn erschossen?», fragte Clemmie mich.

«Nein, Deputy Gilfeather hat ihn erledigt.» Dann fiel mir ein, dass die beiden einander noch nicht begegnet waren. «Clemmie, das ist Deputy Olivia Gilfeather», sagte ich, «Deputy, das ist Clemmie.»

«Clementine», sagte Clemmie. Sie musterte Deputy Gilfeather von Kopf bis Fuß. «Clementine Wing.» Die beiden nickten einander zu. Deputy Gilfeather sagte nichts.

Clemmie setzte Stu ab. Er streckte sich auf dem Boden der Veranda aus, räkelte sich in der Sonne und wirkte nicht wie eine Katze, die gerade um ein Haar von einem Monsterhund gefressen worden wäre. *Hund? Was für ein Hund? Hat irgendjemand einen Hund gesehen?*

«Ist er wirklich tot?», fragte Clemmie. «Ganz bestimmt?»

«Mausetot», sagte ich. «Deputy Gilfeather verfehlt nie ihr Ziel.»

«Was machen wir jetzt mit ihm?», fragte Clemmie.

«Wir haben ihn ein Stück in den Wald geschleift», sagte ich. «Sollen sich die Coyoten und so darum kümmern.»

«Kannst du ihn nicht vergraben?»

«Nicht sofort», sagte ich. «Du hast ja gesehn, wie groß er ist. Er wiegt bestimmt an die zweihundert Pfund. Um den zu vergraben, braucht man einen Bagger.»

«Dann lass einen kommen.»

«Ich werde jemanden schicken», sagte Deputy Gilfeather. «Wenn wir wieder im Büro sind.» Sie ging zum Streifenwagen. «Wollen Sie mitfahren, Sheriff?»

«Ich werde ihn fahren», sagte Clemmie.

Ich sah von Clemmie zu Deputy Gilfeather, wieder zu Clemmie und wieder zu Deputy Gilfeather.

«Ich fahre sowieso zurück», sagte Deputy Gilfeather. «Zum Büro. Ich kann ihn mitnehmen.»

«Er ist mein Mann», sagte Clemmie. «Ich nehme ihn mit.»

«Sheriff?» Deputy Gilfeather sah mich an.

«Ich komme gleich nach», sagte ich.

«Wie Sie wollen.» Sie setzte sich in den Streifenwagen, wendete auf dem Rasen und fuhr davon.

«Sie hat ein Auge auf dich geworfen, stimmt's?», sagte Clemmie.

«Was? Natürlich nicht. Auf keinen Fall. Sie ist mein Deputy.»

«Aber sie wäre gern mehr.»

«Mach dir keine Sorgen wegen Deputy Gilfeather», sagte

ich. «Sie ist zu groß, und außerdem lasse ich mich aus Prinzip nicht mit Frauen ein, die besser schießen als ich.»

«Haha, Sheriff», sagte Clemmie. Und dann: «Willst du nicht kurz reinkommen?»

«Warum?», fragte ich. «Geht die Klospülung nicht?»

Aber Clemmie wollte die Glocke nicht läuten. Sie verdrehte die Augen. «Das war eine Bitte, Lucian», sagte sie. «Ich bitte dich herein. Herrgott, wenn du dieses Biest gesehen hättest. Ich will hier draußen nicht allein sein, wenn so was im Wald herumläuft. Ich habe Angst.»

«Don Corleone war ganz allein.»

«Bist du da sicher?»

«Nein, sicher bin ich nicht.»

«Also?», sagte Clemmie.

«Wenn du Schutz brauchst, frag jemanden, der besser schießt als ich. Frag Deputy Gilfeather. Sie hat Don Corleone mit sieben von acht Schüssen getroffen. Das hätte ich nicht geschafft. So gut schießen kann ich nicht, konnte ich noch nie. Du hast Angst vor dem Hund? Du brauchst Schutz? Frag Deputy Gilfeather.»

«Lieber nehme ich's mit dem Hund auf», sagte Clemmie. «Kommst du jetzt rein oder nicht?»

Wie es so geht: Es dauerte ein paar Stunden, aber an diesem Nachmittag versöhnten Clemmie und ich uns miteinander oder waren jedenfalls auf dem besten Weg zu einer Versöhnung. Der Kampf war vorbei, die Handschuhe waren verstaut, der Ring war abgebaut, und die Lichter waren ausgeschaltet. Danach, als wir in ihrem Accord zum Sheriffbüro fuhren, kam uns Al Partridge, der Schwager unseres Nachtfunkers, entgegen. Er schaukelte in seinem Bagger den Berg hinauf, unterwegs zur Beerdigung von Don Corleone.

DER TAG DER VERSÖHNUNG

Als ich am nächsten Morgen um Punkt sieben am Fenster vor dem Funktisch vorbeiging, machte Walter, unser Fürst der Finsternis, gerade Feierabend. Bei meinem Anblick wäre ihm vor Überraschung beinahe das Gebiss herausgefallen.

«Was machen *Sie* denn hier, Sheriff?»

«Ich arbeite hier, genau wie Sie», sagte ich.

«Ich weiß, aber was machen Sie *hier*? Sie sind doch immer da hinten.» Er sah zur Tür meines Büros.

«Jetzt nicht mehr.»

«Wo denn dann?»

«Zu Hause.»

«Tatsächlich?», sagte Walt. «Sie hat Sie wieder reingelassen?»

«Sieht so aus.»

«Das haben wir uns gedacht», sagte Walt. «Livy jedenfalls. Ich war mir nicht so sicher. Ich kenne Sie schließlich besser als Livy.»

«Danke», sagte ich.

«Glückwunsch», sagte Walter.

«Danke. Was für ein schöner Morgen.»

«Bis jetzt», sagte Walt. «Sie werden erwartet.»

«Ich habe seinen Wagen vor der Tür gesehen. Ist er schon lange da?»

«Lange genug.»

In meinem Büro saß der Vorsitzende auf dem Besucherstuhl vor meinem Schreibtisch.

«Mister Roark», sagte ich.

«Sheriff», sagte der Vorsitzende. «Wenigstens sind Sie pünktlich.»

«Ich fange um sieben an», sagte ich. «Wie alle anderen.»

Ich ging um meinen Schreibtisch herum und setzte mich. Ich sah Roark an.

«Wollen Sie einen Kaffee?», fragte ich ihn. «Ich kann uns einen bringen lassen. Oder ihn selbst holen.»

«Keinen Kaffee. Ich bin nicht hier, um zu plaudern.»

«Das habe ich auch nicht angenommen.»

«Tatsächlich möchte ich mich bei Ihnen entschuldigen.»

«Entschuldigen?»

«Ganz recht, Sheriff. Ich schulde Ihnen eine Entschuldigung. Und ich bezahle meine Schulden.»

«Eine Entschuldigung wofür?», fragte ich.

«Tja, das ist jetzt ein bisschen eigenartig», sagte Roark. «Ich darf es Ihnen nämlich nicht sagen, jedenfalls nicht in allen Einzelheiten. Noch nicht. Es ist vertraulich, Sie verstehen?»

«Nicht ganz.»

«Das kommt schon noch», sagte Roark. «In ein, zwei Tagen. Aber was ich Ihnen sagen kann, weswegen ich hergekommen bin: Ich hatte Sie falsch eingeschätzt. Ich habe Ihnen Unrecht getan, und dafür möchte ich mich entschuldigen.»

«Sie haben mich falsch eingeschätzt?»

«Ich dachte, Sie hätten hinter diesen Überfällen gesteckt», sagte Roark. «Auf Terry St. Clair und Nelson Butterfield und andere. Ich dachte, das wäre Ihr Werk, und ich hatte Grund zu dieser Annahme. Es handelte sich um brutale Überfälle, die bei den Opfern bleibende Schäden hinterlassen haben, aber Sie hatten anscheinend kein Interesse, den oder die Täter zu ermitteln, und ich dachte, dass Sie selbst der Täter waren. Ich dachte, Sie hätten beschlossen, sich zum Geheimrichter aufzuschwingen, der die Hilfe ordentlicher Gerichte nicht braucht, der alles selbst erledigt. Ich dachte, Sie hätten Selbstjustiz geübt. Sie wären nicht der erste Polizist, der so was tut. Das war es jedenfalls, was ich dachte.»

«Aber jetzt wissen Sie, dass es nicht so ist», sagte ich.

«Jetzt weiß ich, dass es nicht so ist.»

«Wieso?»

«Verstehen Sie nicht, Sheriff? Das darf ich Ihnen nicht sagen. Ich arbeite mit einem der Spitzenleute einer Behörde in Montpelier zusammen. Ich darf Ihnen nicht sagen, um welche Behörde es sich handelt. Wir haben inzwischen neunzig Prozent der Fakten zusammengetragen – noch ein, zwei Tage, und wir werden auch den Rest wissen. Es ist eine ziemlich haarsträubende Geschichte, das können Sie mir glauben. Ich will es mal so sagen: In Ihnen habe ich mich geirrt, aber in allem anderen nicht. Kennen Sie einen Homer Patch?»

«Den Constable in Gilead? Klar kenne ich den. Hat der was damit zu tun?»

«Eindeutig. Die Frage ist: War er es allein? Das werde ich morgen früh wissen, wenn ich Patch vernommen habe. Kennen Sie den Schrottplatztypen in Dead River? Cola? Cola Hitchcock?»

«Klar.»

«Wissen Sie, wo seine Jagdhütte ist?»

«Ja.»

«Sind Sie schon mal da gewesen?»

«Ein-, zweimal vielleicht.»

«Gut», sagte der Vorsitzende. «Dann treffen wir uns morgen früh dort.»

«Geht nicht», sagte ich. «Ich hab morgen früh schon was vor.»

«Ist es wichtig, Sheriff?»

«Würde ich sagen, ja.»

«Das will ich hoffen», sagte der Vorsitzende. «Mein Anliegen dient der Sicherheit und dem Wohlergehen dieser ganzen Gemeinde. Verstehen Sie?»

«Meins auch.»

Ich beobachtete ihn. Er hatte meine Neugier geweckt, und so beobachtete ich ihn. Er war wie ein Mann in einem schnellen Wagen, der nicht weiß, dass die Bremsen nicht funktionieren. Ständig fragte er mich, ob ich verstünde. *Verstehen Sie?*, sagte er. *Verstehen Sie?* Falsche Frage. Der Vorsitzende war derjenige, der nicht verstand. Er dachte noch immer, er sei der Boss. Er dachte noch immer, er habe alle Karten in der Hand, dabei hatte er nichts, weniger als nichts. Das wusste er noch nicht, aber ich wusste es, und er würde es bald genug herausfinden. Ein, zwei Tage, hatte er gesagt, und dann würde er die ganze Geschichte kennen. Tja, er hatte nicht in allen Punkten falsch gelegen.

«Was ist mit Ihrem Partner aus der Hauptstadt?», fragte ich ihn. «Kommt der auch zu Colas Jagdhütte?»

«Nein», sagte Roark. «Patch wird da sein. Und Hitchcock. Mit einem Fremden würden die nicht reden.»

«Aber mit Ihnen?»

«Ich bin gewähltes Mitglied des Gemeinderats, Sheriff», sagte Roark. «Es wird ihnen gar nichts anderes übrigbleiben.»

«Wenn Sie das sagen.»

«Das sage ich.»

Der Vorsitzende sah mich lange an und schüttelte den Kopf. «Wissen Sie was, Sheriff?», sagte er dann. «Ich bin hergekommen, um mich bei Ihnen zu entschuldigen, und das habe ich getan. Es fällt mir nicht leicht, mich zu entschuldigen. Es macht mir keinen Spaß.»

«Es gibt nur wenige, denen das Spaß macht», sagte ich.

«Und jetzt sagen Sie mir, dass Sie mir nicht helfen werden, Patch und Hitchcock zu vernehmen? Dass Sie Wichtigeres zu tun haben? Und dabei wirken Sie nicht besonders eifrig oder auch nur interessiert. Ich will offen sein: Es überrascht mich nicht. Nein, Sheriff, Ihre lasche Einstellung überrascht mich kein bisschen. Ich habe das schon früher an Ihnen wahrgenommen, ja eigentlich habe ich kaum etwas anderes wahrgenommen. Ja, ich hatte Sie falsch eingeschätzt. Ich dachte, Sie wären für die schweren Verletzungen von Terry St. Clair und anderen verantwortlich. Ich habe mich getäuscht, und dafür habe ich mich entschuldigt. Ich dachte, Sie wären ein Verbrecher. Das sind Sie nicht. Aber ich habe mich nicht ganz in Ihnen getäuscht. Sie sind vielleicht kein Verbrecher, aber Sie sind ein fauler, dummer, verantwortungsloser, unfähiger Blindgänger. Sie sind ein Witz, Sheriff. Ich habe einige fähige Männer kennengelernt, die mir den begriffsstutzigen Hinterwäldler vorgespielt haben, weil es ihren Zwecken dienlich war. Einer davon war Ihr Vorgänger Wingate. Ich wollte, Sie würden auch zu diesen Männern gehören, Sheriff, aber das tun Sie nicht. In Ihrem Fall ist der begriffsstutzige Hinterwäldler nicht gespielt.»

«Soll ich Ihnen auf der Karte zeigen, wie Sie zu Colas Jagdhütte kommen?», fragte ich ihn.

«Nicht nötig. Ich fahre mit Wingate hin.»

«Wingate ist auch dabei?»

«Ja, das ist er. Und er ist sehr hilfreich. Sheriff Wingate ist ein beeindruckender Mann.»

«Allerdings.»

«Wie Sie sehen, Sheriff, haben wir die Sache fest im Griff. Verstehen Sie?»

«Ich verstehe», sagte ich.

«Schnüffler», sagte Clemmie.

Es war die zweite Nacht, in der ich wieder zu Hause schlief, und wir waren im Bett. Stu hatte sich zwischen uns gelegt. Clemmie hatte die Brille aufgesetzt, lehnte im Nachthemd am Kopfteil des Betts und hielt ein Buch auf dem Schoß. Clemmie ist eine Leserin. Sie liest gern Krimis, die in anderen Ländern spielen. Ich komme nicht viel zum Lesen, und wenn, dann werde ich schnell unruhig. Ich lag neben Clemmie und war schon halb eingeschlafen. Zuerst dachte ich, es sei ein Kommentar zu ihrem Buch. «Hm?», sagte ich. «Wer ist ein Schnüffler?»

«Du», sagte Clemmie.

Jetzt war ich wach. Ich glaube, ich habe schon mal erwähnt, wie schwierig es ist, mit Clemmie Schritt zu halten. Manchmal war sie rasend schnell. Selbst wenn sie, wie jetzt, mit dem Training pausierte, war ihre Beinarbeit erstklassig.

«Wovon redest du eigentlich?», fragte ich.

«Ich wusste, dass du uns hinterherschnüffeln würdest. Ich wusste, du würdest nicht widerstehen können. An diesem Tag im Wald.»

«Was für ein Tag im Wald?»

«Du weißt ganz genau, welchen Tag ich meine. Als Jake und ich da oben waren. Da hab ich gehört, dass sich jemand anschleicht und uns belauscht. Das warst du.»

«Das war ich nicht.»

«Und als du hier warst, um die Scheibe einzusetzen», fuhr Clemmie fort, «hast du in meiner Kommode herumgeschnüffelt, stimmt's?»

«Absolut nicht», sagte ich. «Wie kommst du auf diese Idee?»

«Ich merke es eben», sagte sie. «Und jetzt merke ich es auch. Du bist ein sehr schlechter Lügner, Sheriff.»

«Du meinst, nicht so gut wie du und Jake.»

«Haha», sagte Clemmie.

«Du hast recht», sagte ich. «Nicht du *und* Jake können gut lügen. Jake ist zu blöd zum Lügen.»

«Sei ein bisschen nachsichtig mit dem armen Jake», sagte Clemmie. «Er ist schon in Ordnung. Jake tut, was man ihm sagt.»

«Das stimmt.»

«Wusstest du, dass er nach Florida gezogen ist?», fragte Clemmie.

«Tatsächlich?»

«Tatsächlich», sagte Clemmie. «Da wären wir also.»

«Bis der nächste Jake des Wegs kommt.»

«Vielleicht gibt es ja keinen nächsten Jake», sagte Clemmie.

«Und wenn doch?»

Clemmie legte das Buch auf den Nachttisch und schaltete ihre Lampe aus. Dann schlüpfte sie neben mir unter die Decke, streckte sich und tätschelte mein Knie. «Dann spielen wir es nach Gehör, Sheriff», sagte sie. Sie drehte sich auf die Seite und schloss die Augen.

«Nach wessen Gehör?», fragte ich.

«Clemmie sagt, du bist wieder zurück», sagte Addison.

«Ich würde sagen, Clemmie ist wieder zurück», sagte ich.

«Wie auch immer – das sind gute Nachrichten», sagte Addison. «Hab ich's dir nicht gesagt?»

«Ja, das hast du.»

«Was ist aus ihrem, äh … Freund geworden?»

«Er hat sich für ein wärmeres Klima entschieden.»

«Kluge Wahl. Aber ich freue mich sehr für euch beide. Ihr gehört einfach zusammen. Es ist eben nicht immer ein Zuckerlecken.»

«Nein, ist es nicht», sagte ich.

«Du kennst unser Mädchen», sagte Addison. «Sie ist rastlos. Sie hat einen starken Willen. Aber sie ist treu – auf ihre Art. Sie ist einzigartig.»

«Einzigartig», sagte ich.

«Aber ich muss dir was sagen: Dein neuer Deputy, Calamity Jane, gefällt ihr nicht. Sie ist eifersüchtig, stell dir vor. Ich finde, das ist nur gerecht. Erst warst du eifersüchtig, und jetzt ist Clemmie an der Reihe.»

«Ich war nicht eifersüchtig.»

«Natürlich nicht. Natürlich warst du nicht eifersüchtig.»

«Auf Jake? Dass ich nicht lache.»

«Natürlich», sagte Addison.

«Außerdem», sagte ich, «muss Deputy Gilfeather ihr gar nicht gefallen. Aber mir. Ich brauche keine Frau, denn ich habe schon eine. Was ich brauche, ist ein Deputy, und den habe ich jetzt ebenfalls. Das ist alles, was sie ist: mein Deputy.»

«Natürlich», sagte Addison. «Natürlich. Aber heute ist ein großer Tag, den sollten wir feiern. Den Tag der Versöhnung. Na, wie wär's? Wir feiern. Wir gehen essen. Vielleicht trinken wir auch einen Schluck. Lorraine kommt auch mit. Heute Abend?»

«Geht nicht.»

«Warum nicht?»

«Ich habe was zu erledigen und werde die ganze Nacht unterwegs sein.»

«Aha», sagte Addison. «Sheriffarbeit, nehme ich an.»

«Ja», sagte ich.

DER OBSTGARTEN

Schließlich machten wir es so: Am Dienstagmittag sagte ich dem Funker, ich würde den Rest des Tages unterwegs sein. Ich nahm nicht einen der Streifenwagen, sondern den Pick-up, fuhr am Fluss entlang und hielt an der Tankstelle an der Route 10, wo ich mit der Kreditkarte des Sheriff Departments zahlte, einen Kaffee trank und mich ein bisschen mit Suzanne unterhielt, die an der Kasse saß.

Und stellen Sie sich vor: Ich verschüttete meinen Kaffee über die Theke. Wie ungeschickt! Wir wischten alles auf, und Suzanne schenkte mir einen neuen Kaffee ein, gratis.

Dann fuhr ich nach Bethany, zur Schule. Ich ging zum Büro des Rektors, wo wir ein Programm besprachen, mit dem er, unter Mithilfe des Sheriffs, die Studenten dazu bringen wollte, die Finger von Tabak, Bier, Drogen, Sex und anderen gefährlichen Dingen zu lassen. Wir aßen ein spätes Mittagessen in der Schulcafeteria, und dann fuhr ich nach Galilee, wo der Pfarrer sich gerade mühte, den neuen Fernseher im Gemeindesaal anzuschließen. Gemeinsam kriegten wir es hin, und anschließend zeigte er mir die Schmierereien, die jemand auf die Grabsteine gesprüht hatte. Der Pfarrer übergab mir ein paar Fotos, die er gemacht hatte, aber wir wussten beide, dass nicht viel Hoffnung bestand, diese Vandalen zu finden. Wir sprachen darüber und waren uns einig, dass man bei den Kindern heutzutage immer mit dem Schlimmsten rechnen musste. Die Kinder heutzutage machten wirklich üble Sachen. Ja, das konnte man wohl sagen. Verdammte Kinder.

Inzwischen war es nach Feierabend. Ich fuhr nach Norden ins nächste County, zum Gericht. Pudge Phelps ist dort Sheriff. Pudge und ich gingen über den Platz vor dem Gerichtsgebäude zum Supermarkt, wo ich ihn auf einen Kaffee einlud. Ich wollte Pudge den Witz von dem Touristen erzählen, der einen Einheimischen fragt, ob diese Straße nach Newfane führt, aber Pudge fiel mir ins Wort und sagte, den habe er schon hundertsiebenundsiebzigmal gehört und ob ich nicht mal einen neuen erzählen könne. Als wir uns verabschiedet hatten, kaufte ich mir an der Theke des Supermarkts ein Schinkensandwich und bezahlte wieder mit der Kreditkarte des Sheriff Departments.

Am Abend fuhr ich zurück und nahm die Abkürzung durch Gilead. Als ich bei Colas Werkstatt war, wurde es dunkel. Es war niemand da. Ich fuhr den Pick-up hinter das Haus und parkte ihn in der Box. Dann suchte ich mir unter Colas Schrottkarren eine aus, die noch fuhr, und machte mich auf den Weg zum Mount Nebo.

Ziemlich tief im Wald, auf einer unasphaltierten Forststraße, hielt ich an einer Ausweichstelle, rangierte den Wagen ins Gebüsch und beobachtete die Straße im Rückspiegel. Hier würde wohl niemand vorbeikommen, und wenn, dann würde man mich für einen Jäger halten. Es kam niemand. Ich aß das Sandwich und wartete. Es wurde ganz dunkel. Ich wartete. Schlief ich? Unwahrscheinlich, und doch ist mir so, als hätte ich geschlafen.

Es war nach Mitternacht, als ich aufbrach. Die Ausweichstelle lag auf der weniger steilen Nordseite des Mount Nebo. Wenn ich über den Gipfel ging, würde ich zu Colas Jagdhütte kommen. Einen Weg gab es nicht, aber es war nicht allzu weit, nur ein paar Kilometer, und ich finde mich im Wald ganz gut zurecht. Ich hatte mit einer Wanderkarte die Marschzahl ermittelt und Kompass und Taschenlampe dabei. Und ich hatte mir Wingates Schrotflinte umgehängt. Sie schlug bei jedem Schritt an meinen Hintern wie ein Baby in einem Tragegestell und erinnerte mich an das, was ich vorhatte.

Ich kam ganz gut voran und blieb ab und zu stehen, um zu verschnaufen und auf den Kompass zu sehen. Als ich den Gipfel erreicht hatte, war ich außer Atem, aber jetzt war das Gelände eben, und schließlich ging es bergab. Bald sah ich Colas Licht.

Es war eine alte Petroleumlaterne, die Cola an einem Zweig einer großen Fichte aufgehängt hatte. Dort war der Hochsitz, den wir ausgesucht hatten. Ich blies die Flamme aus, stellte die Laterne neben dem Baum auf die Erde und suchte mit der Taschenlampe nach der Leiter. Der Rest war leicht. Ich kletterte hinauf, setzte mich, legte den Lauf der Flinte auf die Brüstung und sah mich um.

Im Licht der Sterne konnte ich die kleine Lichtung erkennen, die man von hier aus überblicken konnte. Die Hütte sah ich nicht. Noch eine Stunde bis zum Morgengrauen.

Im Wald war ein Lichtschimmer zu sehen, schwer zu sagen, wie weit entfernt. Das musste Cola sein, der in der Jagdhütte wartete. Nach einigen Minuten erschien ein zweites Licht, ein schlingerndes, hüpfendes Lichterpaar. Das waren Wingate und der Vorsitzende, die zu dem Holzverladeplatz unterhalb der Hütte fuhren, wo man den Wagen parkte. Die Scheinwerfer blieben stehen, und ein kleineres Licht erschien und bewegte sich auf die Hütte zu: die Taschenlampe des Vorsitzenden. Das Scheinwerferpaar kehrte um, auf dem Weg, den es gekommen war: Wingate fuhr nach Hause.

Der Himmel über dem Wald war grau geworden. Irgendwo begann ein Vogel zu singen.

Kurz darauf bewegte sich das Licht von der Hütte auf die

Lichtung mit meinem Hochsitz zu. Ich hörte Cola und den Vorsitzenden durch den Wald gehen, sie unterhielten sich, aber ich konnte nicht verstehen, was sie sagten. Ich setzte mich zurecht. Der Lauf der Flinte lag auf der Brüstung und zielte auf die Öffnung zwischen den Bäumen. Ich drückte den Kolben fest an die Schulter und sah das kleine Messingkorn über der Mündung. Selbst im morgendlichen Zwielicht war es gut zu erkennen. Ich atmete tief durch und spannte den Hahn.

Cola und Roark traten aus dem Wald auf die Lichtung. Sie waren allein, ohne den Superermittler aus Montpelier. Cola ging voraus, der Vorsitzende war dicht hinter ihm.

«Wo ist er?», fragte Roark.

«Gleich da vorne», sagte Cola.

«Verdammt, er muss uns doch hören», sagte der Vorsitzende. «Warum sagt er nichts?»

«Wahrscheinlich ist er eingeschlafen», sagte Cola. Er sah nicht in meine Richtung, sondern ging weiter, bis er nur noch sechs, sieben Schritte vom Hochsitz entfernt war, und trat dann plötzlich beiseite und aus der Schusslinie. Der Himmel war fahl, Morgennebel hing über der Lichtung und zwischen den Bäumen. Weiße Fetzen und Schwaden wogten hin und her, als hätten sich Kinder an Halloween weiße Bettlaken übergeworfen.

«Wo wollen Sie hin?», fragte der Vorsitzende, ging aber nicht weiter. Er sah nicht nach vorn, sondern zu Cola. Ich atmete ein und hielt den Atem an. Mein Zeigefinger fand den Abzug. Als der Vorsitzende unter den ausladenden Ästen der Fichte war, blieb er stehen und sah auf. Zwei, drei Schritte mehr, und ich hätte ihm die Hand schütteln können. Ich glaube, im letzten Moment hat er mich gesehen, aber ich bin mir nicht sicher, denn ich zielte auf seine Nase und drückte ab.

Als ich vom Hochsitz stieg, tat mir die Schulter weh, und in meinen Ohren klingelte es. Cola kniete neben Stephen Roark. Kopf und Gesicht des Vorsitzenden waren ziemlich übel zugerichtet. Cola legte zwei Finger an Roarks Hals, wartete ein paar Sekunden, sagte: «Erledigt», und stand auf. Er sah mich an und legte mir die Hand auf die Schulter.

«Alles in Ordnung?», fragte er mich. «Wie geht's dir? Okay?»

«Besser als ihm», sagte ich.

«Da hast du recht.» Er sah auf die Uhr. «Gut», sagte er, «jetzt ist es kurz vor sechs. Wie lange brauchst du? Bis acht?»

«Sagen wir lieber halb neun.»

«Okay», sagte Cola. «Um halb neun, Viertel vor neun melde ich es. Von da an geht alles seinen Gang. Okay?» Wieder klopfte er mir auf die Schulter.

«Okay», sagte ich. «Ich geh dann mal.»

«Es gab keine andere Möglichkeit», sagte Cola.

«Nein», sagte ich.

«Wir hatten eine Situation.» Er zuckte die Schultern.

«Stimmt.»

«Wir sehen uns in der Kirche», sagte er, drehte sich um und ging zurück zur Hütte. Ich stapfte durch den Wald.

Wie war das noch mit dem Deeskalationsscheiß, Deputy Gilfeather?

SCHEISS-SHERLOCK-HOLMES

Einer der Feuerwehrmänner, fast noch ein Junge, hatte sich gerade im Wald übergeben. Er kehrte zu uns zurück und wischte sich den Mund ab.

«Tut mir leid», sagte er. «Tut mir echt leid.»

«Schon gut», sagte Cola.

«Ich dachte, ich stecke das weg», sagte der Feuerwehrmann, «aber … ich weiß nicht … ich hab so was noch nie …»

«Vergiss es», sagte Cola. «Das geht jedem so.»

Inzwischen waren ziemlich viele Leute da: drei Feuerwehrmänner, vier Sanitäter mit zwei Rettungswagen, vier Beamte der State Police, Cola und ich. Eine hübsche Trauergemeinde für den verstorbenen Vorsitzenden. Jetzt warteten wir auf den Leichenbeschauer. Diese Burschen lassen sich immer viel Zeit – aber andererseits: Warum sollten sie sich auch beeilen?

Der jüngste der vier Trooper hielt sich offenbar für einen begnadeten Strafverfolger. Er war sich ziemlich sicher, dass er wusste, wie das hier abgelaufen war, und wollte seinen Vorgesetzten mit seiner hohen Intelligenz und seinem frischen Schwung beeindrucken. Allerdings machte er das nicht besonders gut, und Claude Severance war der falsche Vorgesetzte für so was. Claude Severance ist nicht leicht zu beeindrucken.

Der junge Trooper war auf den Hochsitz gestiegen.

«Jemand war vor kurzem hier», rief er zu uns hinunter. «Da sind frische Kratzer auf dem Sitz.»

«Natürlich sind da Kratzer», sagte Claude zu ihm. «Und natürlich war jemand vor kurzem da oben. Die Truthahnjagd ist eröffnet, und das ist ein Hochsitz. Was haben Sie denn gedacht, was Sie da finden – eine Bibel? Und dieser Typ hier hat eine volle Ladung Schrot ins Gesicht gekriegt, aus kurzer Distanz. Wo soll der Schütze denn sonst gesessen haben? Auf dem Mond? Kommen Sie da runter.»

Claude und ich vernahmen Cola. Die meisten Fragen stellte Claude. Er machte sich Notizen in einem Büchlein, das er aus der Tasche gezogen hatte. Dwight Farrabaugh hatte auch so eins. Alle wichtigen Polizisten hatten ein Büchlein. Wenn ich diese ganze Sache gut hinter mich gebracht hatte, würde ich mir auch eins zulegen. Wenn nicht, würde ich keins brauchen.

Cola erzählte Claude gerade von seinem guten Freund Steve. Der Vorsitzende war ein begeisterter Truthahnjäger gewesen. Er hatte die freie Natur geliebt. Steve hatte sich mit Wingate darüber unterhalten, und Wingate hatte ihm von Colas Hütte erzählt und dass es da jede Menge Wild gebe, nicht nur Truthähne, sondern auch Bären und Hirsche und so weiter. Der Vorsitzende war interessiert gewesen. Wingate hatte Cola gefragt, ob Steve mal zur Hütte kommen und er ihm alles zeigen könne. Kein Problem, hatte Cola gesagt, der Vorsitzende könne jederzeit zur Hütte raufkommen. Der Vorsitzende hatte sich aber erst einmal ein bisschen umsehen und orientieren wollen.

«Er wollte gar nicht jagen?», fragte Claude.

«Dieses Mal nicht», sagte Cola. «Er wollte sich erst mal alles ansehen.»

«Typisch Steve», sagte ich.

«Einer, der systematisch vorgeht, könnte man sagen», sagte Cola. «Er war beim Militär, müssen Sie wissen. Wollte immer alles ordentlich und übersichtlich haben. Keine Überraschungen.»

«Hier hat er trotzdem eine erlebt», sagte Claude.

Jedenfalls hatte Cola Steve ausrichten lassen, er solle ganz früh am Morgen kommen. Bei der Truthahnjagd muss man früh auf den Beinen und schon lange vor Sonnenaufgang, wenn die Vögel ihre Schlafplätze verlassen und sich auf die Futtersuche machen, an Ort und Stelle sein. Man muss auf sie warten und darf sich nicht rühren, denn Truthähne sind die scheuesten, gerissensten, wachsamsten Vögel im ganzen Wald. Wenn man vor Tagesanbruch da draußen ist und sich nicht bewegen, ja eigentlich kaum atmen darf, stellt man fest, dass das Schwerste an der Truthahnjagd ist, nicht einzuschlafen.

«Es war also ausgemacht, dass Steve heute früh herkommt», sagte Cola. «Wingate sollte ihn fahren, und ich sollte ihm alles zeigen. Er kam pünktlich, so um halb vier, vier. Wir haben Kaffee getrunken, und ich hab ihm auf der Karte gezeigt, wo die Hochsitze sind. Ich wollte ihn hinführen, aber er hat gesagt, er geht lieber allein. Auch wieder typisch Steve: Er wollte immer alles allein machen. Lucian wird Ihnen das bestätigen.»

«Stimmt», sagte ich.

«Und Wingate?», fragte Claude. «Was hat der gemacht?»

«Nichts», sagte Cola. «Er ist nicht geblieben. Wir hätten ihn vom Wagen zur Hütte tragen müssen. Er hat Steve bloß abgesetzt und ist wieder zurückgefahren.»

«Okay», sagte Claude.

«Steve hat also seine Taschenlampe genommen und ist losmarschiert», sagte Cola. «Ich bin hiergeblieben. Hab noch einen Becher Kaffee getrunken und mir überlegt, ob ich ein paar Eier mit Speck braten soll.»

«Cola ist ein prima Hüttenkoch», sagte ich.

«Tatsächlich?», sagte Claude.

«Was bleibt mir übrig?», sagte Cola. «Ich lebe allein.»

«Okay», sagte Claude.

«Es verging ungefähr eine Stunde», sagte Cola, «aber Steve kam nicht zurück. Ich hab mir nichts dabei gedacht – vielleicht hatte er sich ja ein bisschen verirrt und wartete, bis die Sonne aufging und er sehen konnte, wo er war.»

«So hätte ich's gemacht», sagte ich.

«Okay», sagte Claude.

«Dann», sagte Cola, «kurz vor Sonnenaufgang, hab ich einen Schuss gehört.»

«Einen Schuss?», fragte Claude.

«Einen Schuss», sagte Cola. «Von irgendwo weiter oben – schwer zu sagen, von wo genau. Wieder hab ich mir nichts dabei gedacht. Wir sind ja nicht die Einzigen, die hier jagen. Ganz und gar nicht. Der Wald ist voller Jäger. Mann, wenn die Hirschjagd eröffnet ist, braucht man hier Polizisten, die den Verkehr regeln, stimmt's, Lucian.»

«Stimmt», sagte ich.

«Okay», sagte Claude.

«Es verging noch eine Stunde», sagte Cola. «Inzwischen war es hell. Noch immer kein Steve. Ich bin rausgegangen und hab ihn gerufen. Nichts. Da hab ich dann angefangen, mir ein bisschen Sorgen zu machen.»

«Okay», sagte Claude.

«Also habe ich ihn gesucht», sagte Claude. «Erst war ich bei dem Hochsitz da drüben, aber da war er nicht. Dann kam ich hierher und hab ihn gefunden.»

Cola verstummte. Er sah zu Boden, schüttelte den Kopf und schluckte. Es schnürte ihm die Kehle zu. Wieder schüttelte er den Kopf. «Ich wollte, ich hätte ihm eine Warnweste gegeben», sagte er. «Ich hab's einfach vergessen. Steve wollte ja gar nicht jagen. Aber wenn er eine Weste gehabt hätte … Ach, ich weiß nicht.»

Eine dicke Träne quoll aus seinem braunen Auge und rann über die Wange. Er wischte sie weg. «Ich hab das Gefühl, ich bin schuld», sagte er.

«Das sollten Sie nicht», sagte Claude. «Denken Sie nach. Was für einen Unterschied hätte eine Warnweste gemacht? Wer immer geschossen hat, hat nichts gesehen, weil es praktisch stockdunkel war. Er hat nicht gesehen, auf was er geschossen hat. Er hätte auch eine Weste nicht gesehen. So war es, und das wissen Sie. Da hat mal wieder einer nach Gehör geschossen. Und dann hat er gesehen, was er da angerichtet hat, und ist abgehauen. Es wird ihm tagelang auf der Seele liegen, und dann wird er sich stellen. Wenn nicht, können wir's vergessen. Denn wir werden ihn nicht finden, und dann werden wir nie wissen, was hier passiert ist. Haben Sie noch andere Leute gesehen, als Sie gestern Abend hier raufgefahren sind?»

«Klar», sagte Cola. «Wie gesagt, hier wimmelt es von Jägern. Ich hab ein paar Pick-ups gesehen und Leute mit einem Wohnmobil. Nicht direkt in der Nähe, aber auch nicht weit entfernt.»

«War jemand dabei, den Sie kennen?», fragte Claude.

«Nein», sagte Cola.

«Sie haben ihn also gefunden», sagte Claude. «Und dann?»

«Als ich sah, dass er tot war, bin ich zur Hütte gerannt. Da gibt's natürlich kein Telefon, also bin ich runter zu meiner Werkstatt gefahren und hab Lucian angerufen. Wann war das – so gegen neun?»

«Halb neun», sagte ich.

«Um halb neun also», sagte Cola. «Ich hab Lucian angerufen, den Sheriff. Das ist alles.»

«Okay», sagte Claude. «Das reicht.» Er klappte sein Notizbuch zu und steckte es in die Tasche.

Die vier Trooper standen um den Vorsitzenden herum, kehrten ihm aber den Rücken zu. Er lag auf dem Rücken, die Arme ausgestreckt, ein Bein angewinkelt unter dem anderen. Er sah übel aus. Nur sein Zahnarzt hätte sagen können, ob das wirklich der Vorsitzende war. Die schwere Schrotladung hatte ihn böse zugerichtet. Kein Wunder, dass ihn keiner ansehen wollte. Kein Wunder, dass der junge Feuerwehrmann sich übergeben hatte.

Cola und Claude gingen zu ihnen. «Mir gefällt das nicht», sagte der intelligente junge Trooper. «Wenn er auf der Jagd war und versehentlich erschossen worden ist, weil ein anderer ihn für einen Truthahn gehalten hat, warum hatte er dann kein Gewehr? Warum hatte er keine Warnweste? Und warum haben wir bei ihm keine Jagdlizenz gefunden?»

«Weil er nicht auf der Jagd war, Sie Trottel», sagte Claude zu ihm. «Er wollte sich bloß hier umsehen. Wir haben die ganze Geschichte gehört, und ob Sie es glauben oder nicht: Dazu haben wir Sie gar nicht gebraucht.»

«Mit gefällt das trotzdem nicht», sagte der junge Trooper.

«Es braucht Ihnen auch nicht zu gefallen», sagte Claude. «Hängen Sie sich ans Funkgerät und fragen Sie, wo der Leichenbeschauer bleibt. Wir sind hier fertig. Abmarsch.»

Der junge Trooper ging in Richtung Hütte.

Claude sah ihm nach und schüttelte den Kopf. «Einen Scheiß-Sherlock-Holmes habe ich da», sagte er.

Deputy Gilfeather hatte das alles verpasst, weil sie einen Gerichtstermin in Brattleboro gehabt hatte.

«Seien Sie froh, dass Sie nicht dabei waren», sagte ich zu ihr. «Eine Schrotladung hat ihn aus sehr kurzer Entfernung voll ins Gesicht getroffen. So was Schlimmes hab ich schon lange nicht mehr gesehen. Vielleicht noch nie.»

«Jagdunfall?», fragte sie.

«Wie aus dem Bilderbuch.»

«Und niemand hat irgendwas gesehen, irgendwelche Fahrzeuge oder Personen?»

«Nein.»

«Keine Spurensicherung?»

«Ziemlich zwecklos, da oben im Wald, wo alle möglichen Leute herumgetrampelt sind.»

«Dann war's das also?», sagte sie.

«Sieht so aus», sagte ich. «Die von der State Police haben den Fall mehr oder weniger abgehakt.»

«Das kommt bestimmt relativ oft vor, so viel, wie da oben gejagt wird», sagte Deputy Gilfeather.

«Ja», sagte ich. «Meistens wenn die Hirschsaison eröffnet ist. Und meistens war es dann irgendein Junge, der seinen Freund, seinen Bruder, seinen Vater erwischt hat. Er stellt sich entweder gleich oder nach ein paar Tagen. Weil er mit der Schuld nicht zurechtkommt.»

«Ja», sagte sie, «das ist bestimmt hart für so einen Jungen.»

«Sehr hart. Für einen Jungen.»

«Und? Hat sich jemand gemeldet?»

«Nein», sagte ich.

Deputy Gilfeather schaltete in einen höheren Gang. Ich will nicht sagen, dass sie in Clemmies Liga spielte, aber sie war nicht weit davon entfernt, und sie war noch jung.

«Sie schlafen jetzt wieder zu Hause, Sheriff?», fragte sie.

«Ja», sagte ich.

«Muss schön sein, im eigenen Bett zu schlafen.»

«Ja.»

«Erinnern Sie sich noch an unser Gespräch neulich? In Ihrem Büro? Als Walts Frau dachte, sie hätte sich ausgesperrt? Wir haben uns unterhalten, als Walt sich zurückgemeldet hat.»

«Ich erinnere mich.»

«Ich hab das Bett noch immer», sagte Deputy Gilfeather.

«Sie müssen sich ein bisschen zurückhalten, Deputy», sagte ich. «Das hier ist eine kleine Stadt. Wenn Sie nicht aufpassen, kommen Sie womöglich noch in Verruf.»

«Da bin ich doch schon.»

«Wie meinen Sie das?»

«Fragen Sie Ihre Mutter», sagte sie.

«Oh», sagte ich. «Lassen Sie sich von ihr nicht ärgern.»

«Sie ärgert mich nicht», sagte Deputy Gilfeather. «Mich ärgert gar nichts. Mir geht's gut. Es gefällt mir hier. Ich bin gern Deputy. Ich bin gern Ihr Deputy. Ich werde nicht weggehen, Sheriff. Ich werde bleiben. Ich bin hartnäckig. Vergessen Sie nicht, woher ich komme.»

«Ah», sagte ich, «Sie meinen das Marine Corps.»

«Genau.»

«*Semper Fi*, hm?», sagte ich.

«*Semper Fi*, Sheriff», sagte Deputy Gilfeather.

Ich ließ mir von Addison einschenken.

«Du trinkst einen Schluck?», fragte er.

«War eine lange Woche», sagte ich.

«Ja, diese schreckliche Sache.»

«Schrecklich.»

«Wie du weißt, hatte ich für Roark nicht viel übrig», sagte Addison. «Wie alle anderen. Aber so zu sterben ... schrecklich. Habt ihr irgendwelche Spuren?»

«Nein», sagte ich. «Die von der State Police glauben, dass es Touristen waren, Jagdtouristen. Die haben gesehen, was sie da angerichtet hatten, haben ihr Zeug zusammengepackt und sind abgehauen. Adios.»

«‹Sie›, sagst du. War es denn mehr als einer?»

«Keine Ahnung.»

«Keine Ahnung», sagte Addison. «Dann gibt es also keine Hoffnung, dass wir es je herausfinden werden.»

«Manchmal passiert das. Gar nicht mal selten.»

«Aber es ist schwierig, findest du nicht? Keine Erklärung, keine Aufklärung. Ja, das ist es: keine Aufklärung. Kein Ende der Geschichte.»

«Kein Ende?», sagte ich. «Aber natürlich gibt es ein Ende. Wie ich immer sage: Alles sortiert sich. Alles regelt sich. Dinge gehen zu Ende. Das tun sie immer, wenn man sie lässt.»

«Das ist deine Erfahrung, hm?», sagte Addison.

«Allerdings.»

«Aber Erfahrung ist doch nicht dasselbe wie Aufklärung. Wir haben von einer Aufklärung gesprochen. Oder nicht?»

«Ich bin mir nicht sicher, worüber wir gesprochen haben», sagte ich.

«Ich auch nicht. Willst du noch einen Schluck?»

«Ich sollte mich auf den Heimweg machen.»

«Tja, und das war noch so ein Ereignis in dieser langen Woche», sagte Addison. «Ein freudiges Ereignis. Du bist wieder zu Hause, Lucian. Das ist gut. Bist du sicher, dass du nicht noch einen Schluck willst?»

«Weißt du was?», sagte ich. «Angesichts der Tatsache, dass ich und die einzigartige Frau wieder unter einem Dach leben, nehme ich noch einen.»

GANZ NEUE INFORMATIONEN

Mit einem Mal waren Addison und unsere Mutter ... wie nennt man das noch? Sie waren immer zusammen. Sie gingen zusammen einkaufen. Sie machten Spaziergänge und Ausflüge. Man sah sie im Kino in Brattleboro, wo sie im Dunkeln Händchen hielten wie Schulkinder. Unzertrennlich.

«Ich dachte, er würde ein Auge auf sie haben», sagte Paul. «Aufpassen, dass sie nicht wegläuft. Aber das ist deutlich mehr. Ich verstehe das nicht.»

Ich ebenfalls nicht. Wir hatten einen Aufpasser gewollt, aber offenbar etwas ganz anderes bekommen. Nur was?

«Du verstehst das nicht?», sagte Clemmie. «Na und? Du musst es ja auch nicht verstehen. Und Paul ebenfalls nicht – besonders Paul nicht. Deine Mom weiß, dass sie nicht mehr allein leben kann. Zu Paul und der Heulsuse wollte sie nicht. Sie konnte sich nicht dein Büro mit dir teilen. Und ins Seniorencamp in Steep Mountain wollte sie erst recht nicht. Und da kam Daddy und hat gemacht, dass sie das auch nicht musste. Alles ist in Ordnung. Ich verstehe nicht, was Paul für ein Problem damit hat.»

«Tja», sagte Paul, «das sieht nicht allzu gut aus, oder? Ich meine, wir reden hier nicht über junge, leichtfertige Menschen. Mom und Addison sind erwachsen, angeblich jedenfalls. Sie sind weiß Gott alt genug, und trotzdem treiben sie es wie eine Bande Hippies.»

«Wir wissen nicht, ob und wie sie es treiben», sagte ich.

«Doch, das wissen wir», sagte Paul. «Und alle anderen ebenfalls. Ich bin Schulrat, Lucian. Mir ist es ernst. Für mich ist das keine Kleinigkeit. Die Leute vertrauen mir ihre Kinder an, damit die lernen, sich in die Gesellschaft einzufügen und Normen zu entsprechen. Welche Normen soll ich ihnen beibringen, wenn meine eigene Mutter sich aufführt wie ein geriatrisches Groupie?»

«Ach, Paul, jetzt komm …»

«Tut mir leid», sagte Paul. «Aber so sehe ich das.»

«Was für ein Trottel», sagte Clemmie. «Sag ihm, er soll sich einsalzen lassen.»

«Sag's ihm doch selbst.»

«Mit Vergnügen», sagte Clemmie.

Das würde sie sich nicht entgehen lassen.

«*Geriatrisches Groupie.*» Addison lachte. «Das hat Paul gesagt? Dein Bruder Paul?»

«Ja.»

«Geriatrisches Groupie ist ziemlich gut», sagte er. «Ich wusste gar nicht, dass Paul so witzig sein kann.»

«Paul kann sehr witzig sein.»

«Ha», sagte Addison. «Da ist er nicht der Einzige. Hör zu, Lucian, wir werden jetzt nicht über deine Mutter und mich reden. Lorraine und ich kennen uns schon unser Leben lang. Und ich habe Brad gekannt. Verdammt, wenn diese Herzgeschichte nicht gewesen wäre, hätte ich Brad *sein* können. Gewissermaßen.»

«Im Krieg, meinst du.»

«Genau», sagte Addison. «Ich war nicht dabei. Ich war untauglich – ein Herzfehler. Stell dir vor, die wollten mich nicht. Brad war ein- oder zweiundzwanzig, er ist in den Krieg gezogen und nicht zurückgekehrt, und ich sitze hier, am Ende eines Lebens, alt, fett und zufrieden. So was macht der Krieg. Ist nicht zu ändern. Und jetzt kommt deine alte Mutter. Sie braucht einen Platz. Ich habe Platz. Ich bin ein alter Freund. Soll ich nein sagen?»

«Du hast meinen Vater gekannt, sagst du. Paul sagt, du hast ihn gut gekannt. Er sagt, ihr habt euch nahegestanden. Stimmt das?»

Addison sah mich an. Er wollte etwas sagen, hielt aber inne und schüttelte den Kopf.

«Ich habe gesagt, ich habe ihn gekannt. Ich habe nicht gesagt, dass ich ihn gut gekannt habe.»

«Paul ist ein guter Mann», sagte unsere Mutter. «Er ist ein guter Schulrat. Aber er nimmt sich selbst zu ernst. Das ist Wendys Schuld.»

«Wendy ist tatsächlich ein bisschen ernst», sagte ich.

«Ein bisschen? Sie hätte Bestattungsunternehmerin werden sollen», sagte Mom.

«Da ist was dran.»

«Im Gegensatz zu deiner Infantin», fuhr Mom fort. «Deine Clementine und ich sind nicht immer gut miteinander zurechtgekommen, aber wir verstehen uns. Sie hat ein gutes Herz. Du kannst von Glück sagen, dass du sie hast. Das weißt du, oder?»

«Klar», sagte ich. «Klar weiß ich das. Ich bin jetzt wieder zu Hause. Wir sind wieder zusammen.»

«Das hat er mir gesagt.»

«Er?»

«Rechtsanwalt Jessup. Addison», sagte Mom. «Und wenn das

so ist, dann könnte ich ja jetzt bei dir und deiner Infantin einziehen, oder?»

«Ist das eine Frage?»

«Nein», sagte Mom. «Ich bin versorgt.»

«Das freut mich zu hören.»

«Mir geht's gut», sagte Mom. «Aber jetzt zu dir, und komm mir nicht mit ‹klar›. Du weißt, was ich meine. Vermassel es nicht.»

«Wovon redest du eigentlich?»

«Was glaubst du, wovon ich rede? Als ob ich nicht hören würde, was sich alle erzählen. Über eure sogenannte Ehe.»

«Vorsicht. Du klingst wie Paul. Wie Wendy.»

«Gott behüte. Aber vergiss nicht: Das hier ist eine kleine Stadt.»

«Dasselbe habe ich neulich zu meinem Deputy gesagt.»

«Du und dieses Flintenweib. Noch so was.»

«Nein, nicht noch so was», sagte ich. «Wenn du denkst, dass zwischen mir und Deputy Gilfeather irgendwas ist, bist du noch verrückter, als wir alle gedacht haben.»

«Nehmen wir mal an, ich glaube dir», sagte Mom. «Dann bleibt immer noch die Sache mit dir und Clemmie. Vermassel es nicht.»

«Wenn du mich fragst, ist es ja schon ziemlich vermasselt», sagte ich.

«Nein», sagte Mom. «Das ist nur eure Art, die Dinge zu klären. Es kommt nicht darauf an, *wie* ihr sie klärt, sondern darauf, *dass* ihr sie klärt. Die Menschen sind verschieden. Du und die Infantin, ihr habt was Besonderes.»

«So viel ist sicher», sagte ich.

«Hat dir keiner von ihm erzählt?», fragte Cola. «Von diesem Typen, diesem Freund des verstorbenen Mister Roark?»

«Eigentlich nicht direkt ein Freund, oder?», sagte Wingate.

«Hat dir keiner von ihm erzählt?», fragte Homer.

«Sutton», sagte Cola. «Vinny Sutton, Ermittler des … hab ich vergessen.»

«Des Generalstaatsanwalts», sagte Homer. «Oder so.»

«Ich weiß, wen ihr meint», sagte ich. «Was ist mit ihm?»

«Er war hier», sagte Cola. «Hast du nicht davon gehört?»

Ich schüttelte den Kopf.

«Er ist irgendwann letzte Woche in der Werkstatt aufgekreuzt», sagte Cola. «Ein komischer kleiner Mops, überhaupt nicht so, wie man sich einen Ermittler vorstellt. Mit einem Bäuchlein, einer Fliege und einem Hütchen. Er sagt, er untersucht den Tod von Stephen Roark und hat gehört, dass ich Informationen habe. Ich sage, das stimmt und dass Roark zur Hütte gekommen ist, weil er sich für die Truthahnjagd interessiert hat, und dass er sich die Hochsitze ansehen wollte. Dass ich einen Schuss gehört habe und ihn gefunden habe. Die ganze Geschichte eben.»

«Na klar», sagte Homer. «Kein Problem.»

«Dann fragt er mich nach Homer», fuhr Cola fort. «Sagt, er hat einen Zeugen, der Homer mit ein paar Überfällen im Tal in Verbindung bringt. Ob ich ihm dazu was sagen kann? Ich sage ihm, wenn er was über Homer wissen will, soll er ihn selbst fragen.»

«Ich hab aber nichts von ihm gehört», sagte Homer. «Ich fühle mich regelrecht vernachlässigt.»

«Dann will er rauf zur Hütte», sagte Cola. «Sich ein bisschen umsehen.»

«Wieder kein Problem», sagte Homer.

«Also fahre ich ihn rauf», sagte Cola. «Ich soll Sutton zeigen, wo ich Roark gefunden habe. Ich zeige ihm die Stelle. Er sagt, er will sich alles ansehen, und ich soll zur Hütte gehen und dort auf ihn warten. Also gehe ich und denke mir nicht viel. Es ist ja alles glatt gelaufen, oder? Zehn Minuten später kommt Sutton und hat unsere Laterne.»

«Was für eine Laterne?», fragte ich.

«Du weißt schon», sagte Cola, «die alte Eisenbahnlaterne, die ich an den Baum mit dem Hochsitz gehängt hatte, damit du ihn im Dunkeln findest. Die Laterne.»

«Die Laterne», sagte ich. ‹Ich dachte, die hättest du wieder mitgenommen.»

«Und ich dachte, du hättest sie mitgenommen», sagte Cola. «Sutton hat sie gefunden. Er hat mich gefragt, ob es meine ist.»

«Und was hast du ihm gesagt?», fragte ich.

«Dass ich das Ding noch nie im Leben gesehen habe», sagte Cola. «Dass sie mir vollkommen neu war.»

«Und?»

«Er hat es gekauft», sagte Homer.

«Er hat sie mir in die Hand gedrückt», sagte Cola, «und gesagt: ‹Dann gehört sie jetzt Ihnen.› Und dann: ‹Wollen wir? Ich bin zum Mittagessen in White River verabredet.›»

«Und das war alles?», fragte ich.

«Beinahe», sagte Wingate. «Erzähl ihm, was er gesagt hat, der Generalstaatsanwaltsermittler.»

«Wir sind also wieder runter ins Tal gefahren», sagte Cola, «und ich hab ihn gefragt, wie er mit den Ermittlungen vorankommt.»

«‹Was für Ermittlungen›, hat er gesagt», sagte Wingate.

«‹Was für Ermittlungen?›, hat er mich gefragt», sagte Cola. «Und dann hat er gesagt, dass es nur einen einzigen Grund gibt, herauszufinden, wer Roark umgelegt hat: Damit man weiß, wem man den Orden schicken soll. ‹Der Typ war ein Arschloch›, hat er gesagt.»

«Damit war Roark gemeint», sagte Homer. «Das hat Cola natürlich gar nicht gern gehört, wo er doch immer eine so hohe Meinung von unserem Vorsitzenden hatte. Die beiden waren fast wie Brüder, Cola und Roark.»

«Lucian hat uns ja erzählt, wie Cola zusammengebrochen ist, als sie Roark am Hochsitz gefunden haben», sagte Wingate. «Als hätte jemand seinen Hund überfahren. Hat geheult wie ein Kind, stimmt's, Lucian?»

«Okay, okay», sagte Cola.

«Der gute alte Vinny», sagte Wingate.

«Ja, guter alter Vinny», sagte Cola. «Diese Scheißlaterne. Als ich die sah, dachte ich … Ich weiß nicht, was ich dachte.»

«Ich wette, du hast gedacht: ‹Jetzt scheiße ich mir in die Hose›», sagte Homer.

«Kann ich nicht leugnen», sagte Cola. «Aber das ist noch so eine Frage: Woher kam die Laterne überhaupt?»

«Das war eine von Brads Laternen», sagte Wingate.

«Brad?», fragte Cola.

«Genau», sagte Wingate. «Das war vor eurer Zeit. Brad hatte drei oder vier von den Dingern. Die hier war wohl die Letzte. Ich glaube, er hatte mal einen Sommer lang bei der Eisenbahn gearbeitet und sie da abgestaubt. Und dann hat er sie zur Hütte gebracht und für die Hirschjagd benutzt. Er und Addison.»

«Und Lorrie», sagte Homer. «Vergiss Lorrie nicht. Brad und Addison waren oft da oben, und manchmal kam Lorrie mit. Sie hat auch gejagt. Und sie haben Brads Laternen benutzt, um Hirsche zu locken.»

«Lorrie? Meine Mutter?», fragte ich ihn.

«Oder irgendwas anderes», sagte Homer.

«Was soll denn das heißen: ‹irgendwas anderes›?», fragte Cola.

«Na ja», sagte Homer. «Brad und Addison. Sie waren Freunde.»

«Nein», sagte ich. «Addison hat mir gesagt, dass er meinen Vater nicht gut kannte.»

«Ist doch klar», sagte Homer. «Dass er das sagt.»

«Wieso?», fragte ich.

«So, wie es dann gelaufen ist», sagte Homer.

«Was denn?», fragte ich. «Und wie ‹gelaufen›?»

«Von wegen nicht gut gekannt», sagte Homer. «Brad und Addison waren unzertrennlich – man nannte sie auch Addley und Braddison. Und dann kam Lorrie. Aber ihr hat Brad immer am besten gefallen.»

«Meine Mutter?», fragte ich.

«Vielleicht aber auch nicht», sagte Homer.

«Meine Mutter?»

«Sie hat ihn geheiratet», sagte Cola.

«Aber dann ist er in den Krieg gezogen», sagte Homer. «Addison nicht. Und was hat der gemacht? Er ist wohl aufs College gegangen, hat studiert und so.»

«Aber er war hier», sagte Cola.

«Allerdings», sagte Homer. «Addison war hier, und Lorrie war hier. Sie waren beide hier. Brad war derjenige, der nicht hier war. Blieben also Addison und Lorrie.»

«Meine Mutter?»

«Deine Mutter», sagte Homer. «Was Addison dir erzählt hat, muss nicht unbedingt stimmen.»

«Nicht?», sagte ich.

«Leute?», sagte Wingate.

«Also vielleicht hat ihr Brad gar nicht am besten gefallen», sagte Homer. «Ich meine, wenn man sich mal ansieht, wie es gelaufen ist.»

«Es?», sagte ich.

«Was denn?», sagte Cola.

«Leute?», sagte Wingate.

«Was?», fragte Homer ihn.

«Jetzt ist mal Schluss mit dem Gequatsche», sagte Wingate. Er sagte es zu Homer und Cola, sah dabei aber mich an.

«Oh», sagte Homer. «Tja.»

«Tja», sagte Cola.

«Moment mal», sagte ich.

«Moment mal», sagte Clemmie.

«Das hab ich auch gesagt.»

«Moment mal. Was willst du damit sagen?»

«Du weißt genau, was ich damit sagen will.»

«Du willst sagen, dass deine Mutter sich mit all den Nachthemden, die sie mitgenommen hat, nicht für deinen Vater hübsch machen wollte, sondern für *meinen*? Das willst du damit sagen?»

«Genau das», sagte ich. «Und noch mehr. Ich sage: Dein Vater und mein Vater sind ein und derselbe.»

«Das kann nicht sein», sagte Clemmie. «Das würde ja heißen, dass …»

«Genau das heißt es», sagte ich.

«Darüber muss ich nachdenken. Das sind ganz neue Informationen.»

«Würde ich auch sagen – Schwesterchen.»

«O Gott», sagte Clemmie.

«Also», sagte ich, «ich weiß, dass du über diese ganz neuen Informationen nachdenken musst, aber könntest du mir sagen, ob du hier darüber nachdenken musst oder ob du das irgendwo anders tun willst? Warum ich frage? Weil es auch für mich ganz neue Informationen sind und ich für eine Weile genug von neuen Informationen habe.»

«Tatsächlich?»

«Tatsächlich. Und ich werde nicht mehr auf dem Sofa schlafen.»

«Ich frage mich, ob Daddy es weiß», sagte Clemmie.

«Ich auch», sagte ich.

SCHLUSS

Wingate zündete seine Zigarre an, warf das Streichholz auf den Rasen vor der Veranda und lehnte sich zurück.

«Das mit Cola hast du gehört, nehme ich an», sagte er.

«Ich habe gehört, dass er die Hütte verkaufen will», sagte ich. «Ich schätze, er wird sich schwertun, einen Käufer zu finden.»

«Er hat schon einen», sagte Wingate.

«Ja? Wen?»

«Irgendeinen Verein in Brattleboro. Sie wollen ein Naturzentrum daraus machen.»

«Was für ein Naturzentrum?»

«Ich weiß nicht. Wie viele Arten gibt's denn? Ein Naturzentrum eben. Cola sagt, sie bearbeiten ihn schon seit Jahren. Angeblich gibt es da oben alle möglichen seltenen Tiere und Pflanzen, Sachen, die man nirgendwo sonst zu sehen kriegt.»

«Das könnte stimmen», sagte ich.

«Sie wollen da einen Campingplatz anlegen, für Jugendgruppen. Die gehen dann in den Wald und erforschen die Tiere und die Bäume. Ein Naturzentrum eben.»

«Wundert mich aber, dass Cola das tut», sagte ich. «Die Hütte verkaufen, meine ich. Sein Großvater hat sie gebaut.»

«Sein Urgroßvater», sagte Wingate. «Hat mich auch überrascht. Homer sagt, die Sache mit Mister Roark hat Cola einen Mordsschreck eingejagt. Die Situation.»

«Einen Mordsschreck?»

«Hat Homer gesagt.»

«Warum hat sie Cola einen Mordsschreck eingejagt?», sagte ich. «Er war's ja nicht. Ich war's.»

«Wir alle waren es», sagte Wingate. «So funktioniert das eben – bis jetzt jedenfalls. Wenn es keine Hütte mehr gibt, wird es nicht mehr funktionieren.»

«Nein», sagte ich. «Wird es nicht.»

Wingate rauchte seine Zigarre. Nach einer Weile sagte er: «Die Leute haben komische Vorstellungen von kleinen Städten wie unserem hier. Weißt du das? Sie denken, dass hier nie irgendwas schiefgeht oder ins Schleudern kommt. Und wenn es dann doch mal passiert, wenn es zu einer Situation kommt, dann regelt sich das von selbst. Das denken die Leute.»

«In neun von zehn Fällen stimmt das auch», sagte ich.

«Na ja», sagte Wingate, «eigentlich nicht. Situationen regeln sich nicht von selbst, wie von Zauberhand. Sie regeln sich von selbst, weil es Orte gibt wie die Hütte, könnte man sagen, weil es Leute gibt wie die Leute in der Hütte, wie uns, Leute, die tun, was getan werden muss, und es, wenn es getan ist, auch aushalten können. Solche Leute werden selten. Und jetzt, ohne die Hütte? Ich weiß nicht.»

«Cola hält es nicht mehr aus, sagst du?»

«Anscheinend glaubt er selbst nicht, dass er's kann», sagte Wingate. «Die ganze Roark-Geschichte und dann dieser Kerl aus Montpelier. Das war ziemlich knapp. Der Typ hat seine eigenen Ziele verfolgt, nehme ich an, aber wenn nicht … wenn er es an die große Glocke gehängt hätte … Gut, dass er's nicht getan hat.»

«Allerdings», sagte ich.

«Aber ich glaube, ich kann es verstehen», sagte Wingate. «Dass es Cola ein bisschen zu schaffen macht. Diese Roark-Sache war extrem. Das war hart. Wir haben nicht einem dummen Jungen den Arsch versengt, um ihn auf den rechten Weg zu bringen.»

Ich musste lächeln. «Nein.»

«Und das macht Cola zu schaffen. Darum verkauft er die Hütte. Schade.»

«Kann sein. Aber er kann damit machen, was er will.»

«Richtig. Aber ich wollte, er würde es nicht tun. Wenn du mich fragst: Cola sollte es von der Sonnenseite sehen. Soll ich dir sagen, was das war, diese ganze Roark-Sache? Eine Mischung aus guten und schlechten Nachrichten, wie alles andere auch.»

«Wie meinst du das?»

«Also», sagte Wingate, «die schlechte Nachricht ist, dass wir etwas Böses getan haben. Es war böse, kein Zweifel. Es war Mord. Die gute Nachricht ist, dass es nicht rausgekommen ist. Und dass wir die Situation geregelt haben.»

Die Asche fiel von der Zigarre und landete auf seiner Brust und seinem Bauch.

«Sieh dir das an», sagte er. «Jetzt hab ich mein Lätzchen bekleckert.» Er wischte die Asche weg.

«Da wir gerade von guten Nachrichten sprechen», sagte er. «Wie ich höre, schläfst du nicht mehr auf dem Sofa, sondern wieder im Ehebett.»

«Stimmt.»

«Und? Wie ist es?»

«Wie ist was?»

«Na ja», sagte er. «Das. Verheiratet sein.»

«Ich bin schon seit ein paar Jahren verheiratet», sagte ich.

«Ja, aber nicht so wie jetzt.»

«Ich weiß nicht», sagte ich. «Anders – und zugleich auch wieder nicht. Frag Clemmie.»

«Lieber nicht», sagte er. «Glückwunsch jedenfalls.»

«Danke», sagte ich. «Du bist allerdings ein bisschen spät dran.»

«Das bin ich immer. Aber wie meinst du das?»

«Ich bin jetzt schon seit drei, vier Wochen wieder zu Hause», sagte ich.

«So lange?», sagte Wingate. «Das wusste ich nicht. Siehst du? Keiner sagt mir irgendwas.»

INHALT

Marcelo Figueras

DAS SCHWARZE HERZ DES VERBRECHENS

Aus dem Spanischen von Sabine Giersberg

Roman. 464 Seiten, gebunden

ISBN 978-3-312-01066-0

Der legendäre Journalist Rodolfo Walsh wird zum Detektiv und enthüllt ein Verbrechen – in fieberhafter Flucht vor den Tätern: nur wenn er die Identität der Opfer rechtzeitig preisgibt und selbst noch anonym bleibt, hat er eine Chance, vom Regime am Leben gelassen zu werden.

Diesem Krimi liegt eine wahre Begebenheit zugrunde: Walsh, der damit zur Ikone der lateinamerikanischen Literatur wurde, erfand 1956 durch die Rekonstruktion des «Massakers von San Martín» den Tatsachenroman – neun Jahre vor Truman Capotes *Kaltblütig*.

Figueras erzählt die Wandlung des jungen Journalisten zum Kämpfer gegen das Verbrechen als spannungsgeladenen Thriller. *True crime*, Zeitgeschichte, virtuose Literatur und Beschreibung des heutigen Argentinien in einem: ein wahres Meisterstück.

Nagel & Kimche

Castle Freeman

MÄNNER MIT ERFAHRUNG

Aus dem Englischen von Dirk van Gunsteren

Roman. 176 Seiten, gebunden

ISBN 978-3-312-00687-8

Eine junge Frau, Lilian, zieht in ein kleines Nest in Vermont, wo neue Nachbarn drei Generationen später noch als Fremde gelten. Bald fühlt Lilian sich von einem undurchsichtigen Typen namens Blackway verfolgt. Er soll als Warnung ihre Katze getötet haben. Gesehen hat sie es nicht, wie sie zugeben muss, also sind dem Sheriff die Hände gebunden. Sie sucht Schutz bei einem seltsamen Duo: dem betagten Lester und dem hünenhaften, etwas beschränkten Nate. Gemeinsam suchen sie nun nach Blackway, um ihn zu erwischen, bevor er sie erwischt.

«Ein höchst lesbares und lesenswertes Capriccio.»

Ulrich Greiner, *Die ZEIT*

«Ein Roman, der fast nur aus Dialogen besteht, aber die sind großes Kino … Ein ziemlich ungewöhnlicher, aber vielleicht genau deshalb auch ziemlich guter Roman.» Christine Westermann, *WDR 5 Bücher*

Nagel & Kimche

Castle Freeman

AUF DIE SANFTE TOUR

Aus dem Englischen von Dirk van Gunsteren

Roman. 192 Seiten, gebunden

ISBN 978-3-312-01014-1

Eines Morgens wird Sheriff Wing zu einem kuriosen Einsatz gerufen. Ein nackter Russe wurde an einen Baum gefesselt aufgefunden, er flucht und randaliert, will aber nicht erzählen, was passiert ist. Offenbar wurde der Russe auf Sean Duke angesetzt, den jungen notorischen Troublemaker im Städtchen Ulster. Denn Duke hat etwas gestohlen, das der Eigentümer wiederhaben will – ein russischer Oligarch, der Probleme auf Oligarchenart zu lösen pflegt.

Aber auch Wing will das Problem auf seine Art lösen: er übt sich in Geduld, um die Ereignisse abzuwarten. Mit dieser Taktik gerät er allerdings arg in Bedrängnis.

«Wenn man Castle Freeman liest, hat man das Gefühl, mit großem Vergnügen im Kino zu sitzen und einem Film mit unfassbar lässigen und witzigen Dialogen zuzuschauen. Selten schreibt jemand so bildlich, so unterhaltend.»   Elke Heidenreich

«Freeman findet im Mix von Western-Lakonie und Hardboiled einen unerhörten Ton von gelassener Coolness: zu meinem großen Vorlesevergnügen!»   Christian Brückner

Nagel & Kimche